ことのは文庫

大奥の御幽筆

～あなたの想い届けます～

菊川あすか

MICRO MAGAZINE

目次

Contents

長局《ながつぼね》の構造

長局

大奥の女中が暮らす長屋形式の建物。すべて総二階で、長い廊下の両側に、いくつもの部屋が並ぶ構造になっている。どの部屋に住むかは、女中の役職の格式によって決められていた。

※イラストは、複数の史料を元に作中の建物の構造を再現したものです。

二階

詳しい間取りは定かではないものの、おそらく部屋方の住まいであったとされている。

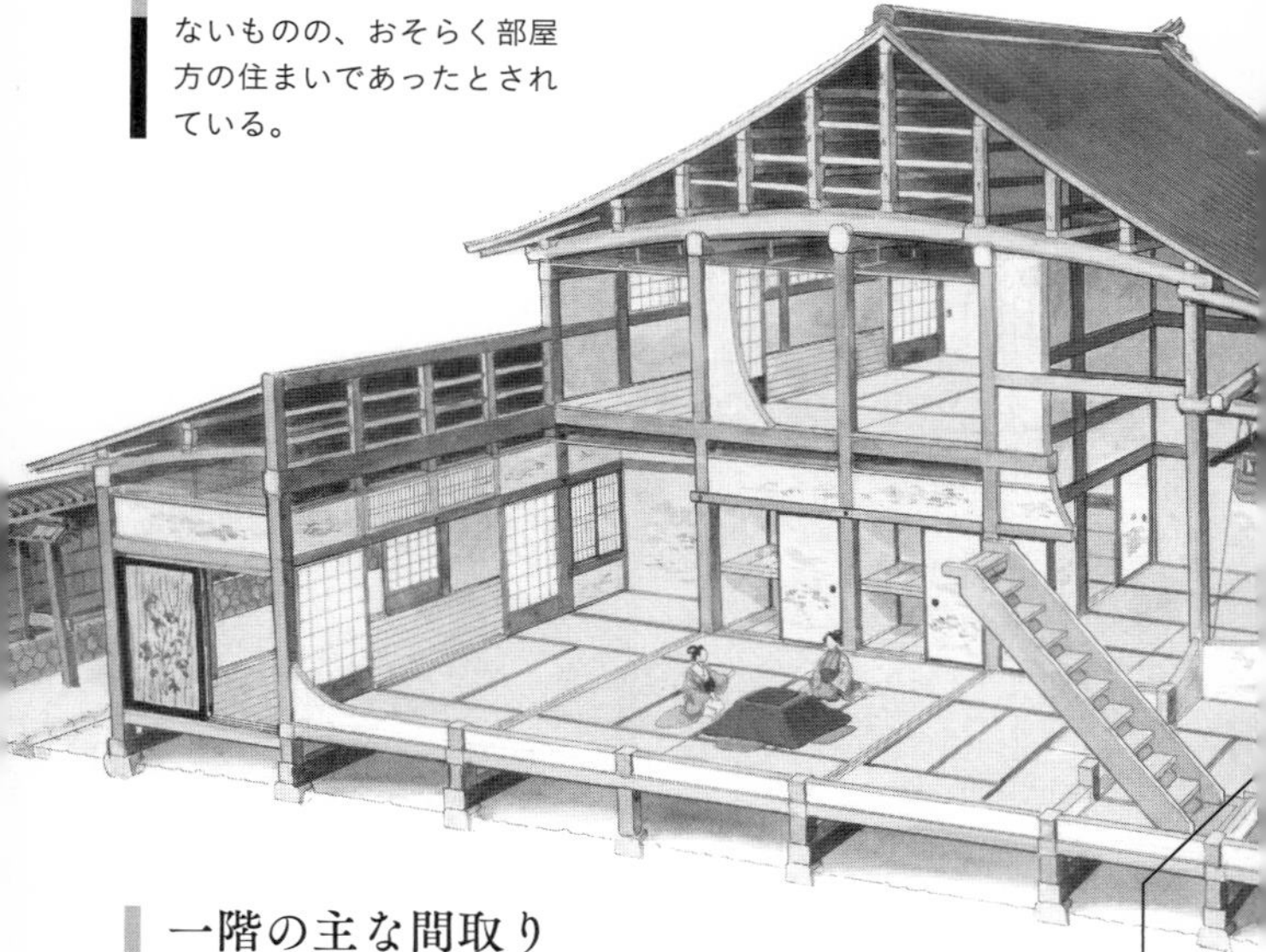

一階の主な間取り

- **椽《えん》座敷**
  廊下に面した化粧部屋。五畳くらいの広さで二間ありました。
- **二の間**
  八畳くらいの広さで、一間ありました。
- **上の間**
  広さは八畳くらい。仏間と書斎と応接室を兼ねていました。
- **次の間**
  主人（御年寄）の居間。六畳くらいの広さで、二間ありました。

Illustration／歴史復元画家 中西立太

大奥の御幽筆

～あなたの想い届けます～

序章

「やはり同じか……」

薄い唇の端を僅かに上げ、男はどこか諦めたように呟きながら、静かに笑みをこぼした。

この場にいるはずがない、絶対にいてはならない者がこうして立っているというのに、誰も咎めようとはしない。代わりに、目の前を通りすぎる者たちが残していく微風や時折香る白粉《おしろい》の匂いが、己の虚しさを助長する。

期待などとうの昔に捨て去ったはずなのに、心はなぜこんなにも痛むのだろう。胸に手を当ててみるが、空虚と化したそこからは何も伝わってこない。

出口のない迷宮を彷徨《さまよ》い続けている男は、美しい切れ長の目に暗い影を落とした。

索漠たる思いに囚われたまま、ただ徒《いたずら》に時は過ぎ、次第に周囲から人の気配が消え、やがて夜の静寂が訪れる。

喧騒に包まれた昼の孤独よりも、閑散とした夜の侘しさのほうが幾分かましだ。

男はゆったりと歩きながら、ふと空を見上げた。

昇る月を見るのは、もう何度目だろう。いつからか数えることをやめてしまったが、僅かに欠けた月はなぜだかいつもより些《いささ》か美しいように思えた。

視線を戻すと、金網行燈《あんどん》の薄灯りが長い廊下を頼りなく照らしている。

さぁ、夜が明けるまでに今宵は誰がここを通るだろう。以前この場に来た時からまだ二月ほどしか経っていないので、顔ぶれは恐らく変わっていないはずだが。

男は長い出仕廊下の中央辺りで立ち止まり、柱の前に立った。

時折吹く風の香りも瞬く星々も、いつもと変わらぬ様子で刻一刻と闇が深まっていくが、何かが少しおかしい。なんだか今日はやけに静かで、時の流れも遅いように感じる。月の位置は確実に動いているので、時が止まっているなどということはないのだが、気のせいだろうか。

そう思った時、夜八ツ（午前二時）の鐘の音が響いた。

すると、廊下の先にぼんやりと浮かぶ灯りが、男の目に映る。

目を凝らしていると、灯りはゆらゆらと揺れながら徐々に近づいてくる。

いつもの見回りだろうと思っていたその灯りは、男まであと一間というところで、なぜかぴたりと止まった。

――刹那、男は我が目を疑った。

（そんな……まさか……）

男が一驚を喫したのは、提灯を手に立ち尽くしている女中の視線が、間違いなく〝自分〟に向けられているからだ。まるで一本の糸のように、二人の視線は繋がっている。

どこか儚げで美しい赤茶色の瞳を持つ女中は、すっと静かに息を漏らし、口を開いた。

「こ、これは……どうしたことでしょう」

何も思い出せず、あまつさえ誰にも気づいてもらえない。そんな日々が永遠に続くのだと思っていた。それならばいっそ、地獄に落としてくれと何度願ったことか。

目の前にいる女中は、怯えたように瞳を揺らしながら、身構えた。

(あぁ、なんということだ)

自分を見て女中が恐れを抱いたことに淡い喜びを噛みしめた男は、耐え切れず唇に微かな笑みを漏らす。

そんな男の不可解な様子を目の当たりにした女中は、益々警戒した。

華奢な体ながら、この場をなんとか切り抜けようと模索している女中の表情が、なんとも愛おしく思える。

男は目の奥から何やら熱いものがこみ上げてくるのを感じたが、『武士は泣いてはならぬ』と、かつて誰かに言われたことをふと思い出した。

(またひとつ、ほんの小さな記憶の欠片が見つかったようだ)

男は息を吸い、女中に向かって切り出した。

「俺が……見えるのか？」

「……え？」

すぐさまそう反応した女中に、再度問いかけた。

「俺が見えているのか？」

怪訝な顔を見せつつも小さく頷いた女中を見て、男は息を呑む。

思い違いなどではなかった。

(見えている。それどころか、声まで)

そう確信した男は足を一歩前へ進め、言った。

「ようやく、出会えた」

魂があるのかは分からないが、心は今、間違いなく震えている。

これまでの思いが胸に迫る中、続けた。

「俺の名は佐之介《さのすけ》。江戸を彷徨い続けている……亡霊だ」

第一章　江戸城大奥

時は文政七年。十一代将軍徳川家斉《とくがわいえなり》公の御世《みよ》。

「では、そなたは今日から里沙《りさ》じゃ」

聞いたことのない香の香りと共に、重みのある声色が里沙の脳裏に響く。

女中たちの住居である大奥長局《ながつぼね》一の側の応接間でそう告げられた里沙は、両手をつき首を垂れた。

張り詰めた空気の中、里沙は視線を畳に落としたまま、硬くなった唇を僅かに開く。

「はい、承知いたしました」

声が震えた。ただそこに座しているだけなのに、その圧倒的な存在感は兄や妹の悪態、冷淡無情な父の罵声などよりも遥かに威厳に満ちている。

「話はすべてお豊《とよ》から聞いておる。おもてを上げよ」

矢絣《やがすり》柄のお仕着せに身を包んでいる里沙は一度小さく息を吸い、恐る恐る体を起こした。

目の前に座しているのは、表の老中にも匹敵すると言われるほどの絶大な権力を持ち、大奥全般を取り締まる御年寄《おとしより》の野村《のむら》だ。

煙管が置かれた金蒔絵のたばこ盆を傍らに、黒地に金糸で刺繍された大胆な菊の花が目を惹く美しい打掛を羽織っている。白い肌に刻まれた皺は威厳と貫録を表しているようにも見え、齢《よわい》による衰えはまったく感じられない。

「そう硬くならずともよい」

右も左も分からず大奥へ足を踏み入れた里沙にとって、この状況で緊張するなというのは無理な話。

「は……はい」

頭を下げながら小さく返した声は、まだ震えている。

「まずはお役目を懸命に果たしなさい。これより先は、ここにいるお松《まつ》がそなたを指南するゆえ、よいな」

野村の傍らで背筋をしゃんと伸ばしていた松が小さくお辞儀をし、里沙もそれに応えるように頭を下げた。

里沙を見据える松の目元は心持ちつり上がっていて、どこか野村と似通った意志の強さを感じる。

「はい。全身全霊をかけて、お仕えさせていただきます」

野村に向かい、もう一度額突《ぬかず》く里沙。

江戸城という圧倒的な存在と、迷宮のような大奥で終始息が抜けない状態だったため、城の門をくぐってからこの場に座るまでのことは正直あまり思い出せない。けれどこうして無事、里沙の大奥での一日目が幕を上げた。

野村への挨拶を終えると、萩が控えめに描かれた水浅葱《みずあさぎ》色の小袖を着た松が、部屋の中を案内してくれた。

南の縁側から入って応接間や次の間、その先に合の間、渡り、部屋方がいる八畳間へ続く。更に入口としてもう一間あり、横には台所や囲炉裏がある。板廊下の先には湯殿や雪隠、物置があり、北側の庭を挟んだ先が二の側となっている。

他に、入口と合の間にそれぞれ二階へ続く梯子があるのだが、松は合の間にある梯子に足をかけて二階へ上がった。

二階は随分と殺風景でがらんとしているが、それでも八畳が二間あるので決して狭くはない。延べ七十畳ほどもある一の側の一室は、里沙の家の敷地全体と比べてもかなわないのだから、とにかく驚きしかない。

とはいえ、この広い部屋に野村が一人で住んでいるわけではなく、ここには十人の部屋方が同居している。その部屋方を取り仕切る局《つぼね》が、里沙の目の前にいる松というわけだ。

「改めて、私は野村様の部屋方で、局の松です」

「里沙と申します。お役に立てることがあればなんでもいたしますので、どうぞご指導のほどよろしくお願いいたします」

腰を折ると、いまだ緊張の解けない里沙の背中を、松がぽんと優しく手のひらで叩いた。

「そんなに気負っていたら、ここではやっていけないよ」

「えっ？」

「お勤めはしっかり、けれど気を抜く時は抜く。何事も強弱をつけていかないと、あっという間にくたびれちゃうって言ってるの。ちなみに、今は気を抜く時ね」

松は、一見怖そうにも思えるきりりと引き締まった目元を緩ませ、里沙に向かって微笑んだ。先ほど野村の傍で厳かに座っていた松と、今ここにいる松がまるで別人のように感じられ、里沙は目を白黒させながら見つめた。

「私の顔がそんなに珍しい？」

「あっ、いえ、決してそのようなことは。も、申し訳ございません」

呆気にとられていた里沙は慌てて両手を振り、頭を何度も下げた。

「だから、そんなに緊張しなくても大丈夫だって。ほら、ちょっとここに座って」

二階の中央に松が座ると、里沙も言われた通り松の正面に腰を下ろした。

「何か気になることでもある？」

緊張しているというのはもちろんだが、それよりも里沙が驚いていたのは、松の挙動や言葉遣いだ。

「いえ、その……」

「責めたりはしないから、言ってみなさい」

江戸城とは将軍の住む城であり、大奥は教養や知識を兼ね備えた高貴な女たちが将軍一人のために仕える場所。奥女中は常に背筋を伸ばし、厳かな空気の中で気を引き締めながら尽力するもの。そんなふうに想像していたけれど、松の印象は少し違っていた。

「お松様は、私の想像していた女中とは少し相違があるといいますか……。思っていたより、ず、随分と……」

「随分と？」

首を傾げた松に対し、里沙は思い切って口を開いた。

「く、砕けた物言いを、なさる方なのだなと。江戸の町人たちと同じような言葉遣いだったものですから……」

言い切った後で、正直に本音を口に出してしまった自分に驚き、里沙は狼狽えながら両手をついた。

「も、申し訳ございません。私のような新参者がこのようなことを」

すると、里沙の頭の上に降ってきたのは無礼な発言を叱咤する声などではなく、意外にも豪快な笑い声だった。

天井に向かって「あはははっ」と声を上げる松を、呆然と見つめる里沙。

何かおかしなことを言ってしまったのだろうか。怒られることはあっても、笑われるようなことはないと思うけれど。

笑声を響かせる松の横で、ひたすら戸惑う里沙。そんな不思議な時間がしばらく流れたのち、ようやく落ち着いたのか、松が目元を指先で拭いながら息を整えた。

「素直に言うお里沙があまりにも可愛らしくて、つい」

「い、いえ、申し訳ございません」

「お里沙の言うことは何も間違ってないんだから、謝ることなんてないよ」

「ですが……」

御年寄である野村の部屋方で、しかも局である松に「江戸の町人と同じ」などと言ってしまったのだ。無礼以外の何物でもない。なんでも正直に言えばいいというものではないと深く自省している里沙に、松が切り出した。

「私はね、御家人でも、ましてや旗本でもない、しがない下駄職人の娘だったんだ。あ、そうそう」

話を始めたところで一度腰を上げた松は、部屋の隅にある箪笥から色絵磁器の小さな蓋物を取り出した。

蓋を開けると、中には粒の揃った真っ白な金平糖が詰まっていた。

めていた。

「せっかくだからさ、これでも食べながら少し話そう」

　金平糖に見惚れてしまっていた里沙は、松の提案にはっとして顔を上げる。

「ですが、あの、仕事は……」

　自分が城へ上がったのは、誰かの役に立ちたいからだ。こうして呑気に菓子を食べていいものなのか悩む里沙は、複雑な感情を表すかの如く眉根を寄せた。

「なんて顔してんの。せっかくの可愛い顔が台無しじゃない」

　松はうつむいている里沙の頬を両手で挟み、そのままくいっと持ち上げた。

「あのね、大奥に勤める女たちにとって大切なことは、上様のため、徳川のため懸命にお勤めすること。それともうひとつ、ここ大奥での暮らしの中で、いかに楽しみを見つけるかってことなんだよ」

「楽しみ、ですか？」

(なんと美しい)

「野村様からいただいた金平糖だよ。一気に食べたらもったいないから、時々取り出して少しずつ食べてるの。お里沙は食べたことある？」

　砂糖菓子は高価なので当然食べたことはないけれど、名前だけは祖母から聞いていたため知っていた。

　里沙は見開いた大きな目を金平糖に向けながら、「ありません」と首を振る。

里沙が聞き返すと、松は里沙の頬から手を離して頷いた。

「そう。こうして隠していた菓子をこそこそ食べるとか、朋輩たちと他愛のない話で笑い合うとか、野村様をいかに笑顔にして差し上げるかとか。そうね、あとは大奥で起こる様々な出来事について、あれこれ調べ集めるのも案外楽しいものよ」

「なるほど。そういったことも大奥では大切なのですね」

あまりにも真剣に耳を傾ける真面目な里沙の態度が可笑しかったのか、松は口元に手を当ててくすっと微笑んだ。

「新人の世話を焼いたり大奥について教示するのはもちろん、菓子を食べながら新人と話をするのも、どちらも私の大切な仕事ってこと。だから普段気を引き締めている分、こういう時は肩の力を抜いて話したいのよ。ほら、まずは食べなさい」

器を差し出され、里沙は徐《おもむろ》に金平糖を指先でひと粒つまみ、口に入れた。

サクッとした砂糖の食感の後に甘さが広がり、たったひと粒で幸せが口いっぱいに溢れた。初めて味わった金平糖は、まるで魔法の菓子のようだ。

「美味しい……」

思わず声を落とした里沙に、松が優しく目を細める。

「さて、さっきの続きを話そうか。まずはお里沙に私のことを少しでも知ってもらいたいし」

里沙が居住まいを正すと、「そんなに構えないで、食べながらでいいよ」と、松が声をかける。

「下駄職人の父と二人で慎ましく暮らしてたんだけどさ、私が十歳の時にその父が卒中で呆気なく死んじゃってね」

松の口吻はいたって明るいのだが、瞳だけが少しだけ寂しそうに曇ったのを、里沙は見逃さなかった。大切な家族を失った時の思いが無意識のうちに過ったのかもしれないが、その気持ちは里沙にもじゅうぶん理解できる。

「行く当てがないわけだから、当然どこかで奉公することになるんだけどさ、そこからが本当に驚きで――」

頼れる親戚がいるのかどうかも分からなかった幼い松にとって、相談できるのは長屋の差配やその住人くらいだった。

どこか良い奉公先はないかと皆が松のために動いていた時、頭巾をかぶったある一人の女性が長屋を訪れてきた。

「――でね、そのお方がなんと」

声をひそめながら顔を近づけた松に、里沙はごくりと唾を呑む。

「……野村様だったのよ」

直後、里沙は口を開いて思いきり目を丸くした。思った通りの反応が返ってきたと、松は満足そうに口角を上げる。

「正直言って今でもどういう繋がりなのかよく分からないんだけど、野村様とは遠い親戚らしくてね。それで私は十歳で城に上がって、野村様つきの部屋方になったってわけ」

天涯孤独になったかと思った矢先、自分が大奥御年寄の親類だったなど奇跡としか言いようがない。運命というのは、どこでどう繋がるか分からないから不思議だと松は言った。

「あれからもう十三年も経つのね」

松は懐かしむように呟きながら金平糖を口に入れた。

現在二十三歳の松は、城へ上がってから今日までずっと野村の部屋方として仕えている。望めば正式な奥女中になることも可能なのだが、自分は部屋方の局が性に合っているのだと松は話した。

「ところで、お里沙はお豊様の姪だと聞いたけど、なぜ城へ上がろうと思ったの？」

「はい、それは……」

問われた里沙は、無意識に目を伏せた。

「まぁ、理由は人それぞれだからね」

里沙の僅かな変化に気づいたのか、深く追求せずに立ち上がろうとした松を、里沙は引き止めた。身の上を話すのは楽しいことではないけれど、松が話してくれたのに自分だけが何も言わないのは違う。

「私が城へ上がれたのは、叔母であるお豊様のお力添えがあったからでございます。ですが、女中として勤めたいと思ったのは」

大切な人の大切な言葉を心の中で唱えた里沙は、凛とした視線を松へ向けた。

「こんな私でも、誰かの役に立てるのならばと、思ったからです」

「こんな私、とは？」

「はい。私は……呪われた子なのです――」

＊＊＊

「なんだこれは！」

怒号と共に飛んできた漆器の碗が里沙の肩にあたり、床へ転げ落ちる。

「も、申し訳ございません」

里沙は味噌汁で汚れた自身の衣はそのままに、急いで畳を拭いた。

「すぐに作り直します」

「もういい！　味噌汁ひとつまともに作れない役立たずが！」

豆腐と青菜が入った味噌汁の味はいつもと変わらないはずだが、単に虫の居所が悪かったのだろう。里沙の三つ上の兄、直之《なおゆき》は、ドスンとわざと大きな足音を立てながら居間を後にした。

気に障るとすぐに怒鳴り散らす兄や父のことが幼い頃は怖くて仕方がなかったけれど、十七歳になった今は、いつものことだと聞き流せるようになった。

早く片付けなければ、染みになってしまったらまた何を言われるか分からない。

「味噌汁臭くて嫌だわ」

二つ下の妹、美代《みよ》が、まるで道端に転がる虫の死骸を見るように里沙を睨み、目を細めた。すると、美代の隣で茶碗を手にしている母が「そうね」と呟くが、その視線が里沙に向くことは決してない。

兄や妹からのあからさまな暴言よりも、母のその些細な言動が、里沙の心に耐えがたい苦痛を与える。

母が里沙を見なくなったのは、いつからだろう。もうずっと前のことなので、里沙は母の目がどんな色でどんな形をしているのか、思い出せない。

「今日は客人が来る。塵ひとつないよう掃除をしておけ」

「はい、承知しました」

里沙は食事を終えて立ち上がった父に向かって両手をつき、頭を下げた。そんな父もまた、里沙を見ようとはしない。

御家人の長女として生まれた里沙の家は、八丁堀《はっちょうぼり》の組屋敷にある。屋敷といっても下級武士に与えられた家は狭く、八畳の居間と六畳が二間、台所と小さな庭、それに納屋があるくらいだ。そこに家族五人で住んでいる。

暮らしは決して裕福ではなく、寧《むし》ろ苦しい。そのため女中を雇う余裕などあるはずもなく、代わりに里沙がその役目を担っていた。

父は武士としての自尊心が高く、女が口答えをすることなど決して許さない、この家の絶対的主。父を見て育った兄もまた、傲慢で居丈高。そんな二人の顔色をうかがいながら暮らす美代の鬱憤は、すべて里沙にぶつけられる。

「ちょっと、何してるのよ！　あたしたちの近くを掃除するのは出掛けてからにしなさいって、何度も言ってるでしょ！」

玄関で父と兄を見送り、客間の掃除をはじめた里沙に向かって美代が声を上げた。

美代は、縞の入った薄黄蘗《うすきはだ》の真新しい小袖に身を包んでいる。春に向けて新調したのだろう。対して里沙は、元が何色だったのか判別できないほどに色褪せ、何度も繕い、くたくたになった木綿の小袖を着ている。

「あんたが近くにいると、あたしまで呪われてしまうじゃない！　その気味の悪い目でこっちを見ないでよ！」

眉をひそめた美代に、里沙は「ごめんなさい」と力なく呟き、ふと部屋の中へ視線を移した。姉に対してなんという言葉遣いだとたしなめるどころか、母はやはり気にも留めずに紅を差している。

　二人で芝居でも見に行くのだろうか。客が来るたびに、値の張る酒や魚を用意する父や兄と同じだ。贅沢をせずに普通の生活を送れば今よりずっと暮らしに余裕が出るというのに、体裁ばかりを取り繕い、見栄を張ることは忘れない。この家の人間らしい。

「早く嫁に出すなりどこかで奉公させるなりすればいいのに、父上ったらいつまでこの人をここに居させるつもりなのかしら。きっと呪われた人がいるから、父上も兄上も出世できないのよ」

　父の前では口が裂けても言えない言葉を、ここぞとばかりに吐き出す美代。

「お美代、父上や兄上に対してその物言いはいけませんよ」

「だって、あと三年もすればこの人年増よ。ただでさえじめじめと陰気くさいのに、ますますもらい手がなくなるじゃない」

「あなたが気にする必要はありませんよ。そんなことより、こちらに来なさい。少し紅を差してあげるわ」

「わぁ、素敵な色」

　母が小指の先で美代に紅を差してやると、美代は嬉しそうに手鏡を見つめた。ほんのり色づいた娘の唇に、母も満足げに微笑んでいる。

　里沙は高価な紅を差すどころか、こんなふうに母から笑いかけられたことなどただの一度もない。もしかすると、産まれた瞬間は赤ん坊の里沙を見て喜んでくれたのかもしれないが、それすらもきっと、母は忘れてしまったのだろう。

父に奴隷のように扱われ、兄に茶碗を投げられ、妹に暴言を吐かれることなど、どうということはない。里沙にとって何より一番つらいのは、母が自分の存在を〝見えぬもの〟とし、蔑ろにされることだった。

怒鳴られても虐げられても構わないから、里沙はただ自分を見てほしかった。

自分が呪われた子でなかったなら、母はこの手を握り微笑みかけてくれていたのだろうか――。


『怖いよ。お庭にいるあの人、怖い……』

自分の目に映るそれが普通ではないと認識したのは、里沙が五歳の時だった。

それまでも度々見えてはいたけれど、疑問に思わなかったのはまだ幼く、理解するに至らなかったからだ。

だが成長するにつれ、家の庭や町中で時々見える不思議な人が、明らかに生きている人とは違うのだと理解した瞬間、里沙は震えが止まらなかった。

自分には見えているのに、父も母も、他の家族は誰も気づかない。家族どころか、町行く人々もそうだ。

だから里沙は母にしがみつき、何度も必死に訴えた。だが母は里沙の言葉を真剣に聞こうとせず、そのたびに戯れるのもいい加減にしなさいと叱った。

それでも大丈夫だと言ってほしくて、母に訴え続けた。

『母上見えない？　あそこに人が立ってるでしょ？』

けれどある日、いつもと同じように庭を指差して言うと、母はまるで化け物を見るかのような視線を里沙に向けた。

不安に思った里沙が母の腕をつかむ手に力を込めると、母は怖がる娘の小さな体を突き飛ばし、拒絶した。

『母……上……？』

ぽろぽろと涙をこぼしながら、もう一度助けを求めるように里沙は手を伸ばす。

『いつも変なことを口走るから、ずっとおかしいと思っていたのよ』

そうこぼした母は、里沙を見ながら言った。

『呪われた子……』

最後に見た母の目に絶望と恐怖の色が光っていたのを、里沙は忘れることができない。

もしもあの時、幼い自分が本当のことを言わなければ、あるいは……――。

涙を耐えるように唇を噛んだ里沙は、母と妹の笑い声から逃げるようにその場を離れた。

母と美代の視界に入らない場所から掃除をはじめ、二人が出掛けてから塵ひとつないよう客間の掃除をし、庭の手入れをする。

それから仕立ての内職を済ませて夕食の下ごしらえをすると、鳴り響く七ツの鐘の音が里沙の耳に届いた。そろそろ出掛けていた母と妹が帰宅し、あと半刻（一時間）もすれば父と兄も客人を連れて帰ってくるだろう。

家族以外の者が家を訪れる際、里沙は決して姿を見せてはいけない。それは、里沙が幼い頃から父に言われていた決まりだった。

客人の対応は母と妹がするため、すべての家事を終えた里沙は台所を通って母屋を離れた。井戸で水を汲んでからその足で向かったのは、庭の先にある納屋。

本来納屋は物置として使うのだが、呪われた子を母屋に住まわせるわけにはいかないという父の言葉により、この小さな納屋が里沙の部屋となった。

初めて納屋の中で寝泊まりをしたのは、里沙がまだたった五歳の時。普通なら「出して」と泣き喚いてもおかしくないほど幼い年齢なのに、里沙は決して寂しくはなかった。

なぜならそこには、いつどんな時も里沙に寄り添い、愛情を注いでくれた大切な人がいたから……——。

狭い納屋の片隅から開いた戸口の外を見つめ、祖母の腕にしがみつく小さな手。

『おばあちゃん、あの人、あそこに立ってずっとこっちを見てる』

そう言って怯える幼い里沙の頭を優しく撫でながら、祖母は言った。

『何もしてこないから、大丈夫だよ』

『本当に？』

『本当に』

安堵したように力を抜いた里沙は、見えるものから目を逸らし、祖母を見上げた。

『でも、どうしてわたしだけなの？　どうしてわたしだけ、みんなと違うの？』

大きく愛らしい瞳は憂い、迷子のように揺れている。

『みんなと違うのは、嫌かい？』

『だって、わたしがみんなと違うから、父上も母上も……』

寂しげな言葉を落とした里沙の肩を、祖母がそっと抱き寄せる。

『おばあちゃんはね、それが悪いなんてちっとも思わないよ。人と違うということは、特別だという証なんだから』

『……とくべつ？』

『そうだよ。他の人にはないその特別は、いつかきっと誰かを救う大きな力になる。おばあちゃんは、そう信じてるからね』

たった五歳で納屋へと追いやられたにもかかわらず生きてこられたのは、祖母が共に暮らしてくれたからだ。

祖母の梅《うめ》は幼い里沙を納屋へやることに反対をしたが、母親とて当主に逆らうことは許されず、里沙の父はそれを聞き入れなかった。それならばと祖母が取った行動は、里沙と共に納屋で暮らすことだった。

祖母は里沙が寂しい時も怖い時も常にそばに寄り添い続け、父と母からもらえなかった愛を、たくさんの優しさと共に里沙へ与えた。

将来困らないようにと炊事洗濯はもちろん、読み書きをはじめとして裁縫、茶、花、謡《うたい》、礼儀、優しさや思いやりまで、人として大切なこともすべて祖母が教えてくれた。

ふた親からの愛がなくても里沙が前を向いていられたのは、祖母のお陰だ。祖母がいたから、里沙は生きてこられた。

けれど三年前、そんな大好きだった祖母が天国へと旅立ってしまい、それからは正真正銘一人きり。

小さな茶箪笥と行燈、それから文机が置かれているだけの納屋はとても狭かったはずなのに、一人になってしまった今は恐ろしいほど広く感じられる。

味噌汁がしみ込んだ衣を脱ぎ、同じようにくたびれた木綿の小袖に着替え直した里沙は、部屋の隅に腰を落とした。

亡くなる前、祖母は自分の物をすべて里沙へ譲ると告げていたのだが、着物だけでなく小物類に至るまで、祖母の形見は父がすべて取り上げて売ってしまった。

里沙の手元に残ったのは、咄嗟に隠した簪《かんざし》ひとつ。梅の花をあしらった高価な花簪だけだった。

里沙は肌身離さず持っている祖母の簪を懐から取り出し、それをじっと見つめた。

忘れることのない祖母との日々を想いながら、どれくらいの時が流れただろう。

「その特別はきっと、誰かを救う……」

祖母からもらった大切な言葉を呟いた瞬間、ひと粒の涙が膝の上へ悲しくこぼれ落ちた。

祖母のことは信じているけれど、自分に対する嫌悪感は日に日に増すばかり。無論、こんな自分では誰かを救うことなんてできるわけがない。

簪を懐へ戻し、すっと立ち上がって戸を開けると、すでに外は暗く、朧月《おぼろつき》が里沙を見下ろしている。

客人はもう帰ったのだろうか。障子越しに見える母屋の灯りが、里沙にはとても遠くに感じられる。

「特別などではないのです。私は、自分が憎くて仕方がない。なぜ私は、皆と同じではないのでしょう」

木戸に手を置き、里沙は二重瞼の大きな瞳を朧月へ向けた。

「おばあさま……。なぜ私を、一人にしたのですか。なぜ私を……連れて行ってくださらなかったのですか」

溜息混じりに吐き出した言葉が、未練がましい冬の微風となって舞い上がる。

里沙は溢れ出そうになる涙を堪え、静かに納屋の戸を閉めた。

祖母が生きていた頃も、亡くなってからも、里沙は家族に認めてもらうために必死に頑張ってきた。口答えせず、言いつけを守り、家族の役に立てば、いつか自分を見てもらえるのではないかという期待を抱きながら。

けれどそれは雲を掴むよりも難しく、泡よりも儚い願いだった。

大切な祖母が亡くなり、何より欲しかったものも、この先どんなに手を伸ばしても届かない。そう悟った里沙は、生きている意味を見出せずにいた。

いっそ、祖母の元へ逝ってしまったほうが……。

そう思った時、茶箪笥から「カタン」と小さな音が鳴った。

(鼠？)

そっと近づいた里沙は、茶箪笥の一番下の小さな引き出しを開けた。中には、里沙に宛てた叔母からの文が束になって入っている。里沙は一番上にある文を手に取り、引き出しを閉めた。

叔母は里沙が六歳の時にこの家を出て嫁に行ったのだが、小さい頃のことは覚えていないため、叔母と過ごした期間で記憶に残っているのは僅か二年程だろう。それでも、叔母が優しかったことはよく覚えている。

そして、叔母に宛てて文を書くことを里沙に提案したのは、祖母だった。文字の読み書きは実際に誰かと文を送り合ったほうが覚える。という祖母の教え通り、里沙は幼い頃から叔母と文のやり取りを続けていた。祖母が亡くなった今も、それは続けている。

一月ほど前に送られてきた叔母からの文は、もう何度も読み返しているが、里沙はそこに書かれている浮世離れした文字をじっと見つめた。

【そなた、大奥へ来ぬか】

たったそれだけの一文が、この一月の間、里沙の心を大きく揺さぶり続けている。

大奥。それが何かはもちろん理解できる。叔母は二十七歳で城へ上り、五年経った今も奥勤めをしているからだ。城へ上がれば当然家族と離れることになるのだが、文によると、叔母は家族の暮らしを支えるために奥勤めを選んだらしい。

大奥にいても姪へ文を送ることは許されているため、叔母はこうして里沙との文通を続けてくれている。

叔母が奥女中だとはいえ、里沙にとって大奥とは当然未知の世界。けれどこの文言を初めて読んだ瞬間に、なぜか血が沸くような熱さを覚え、胸が躍った。

でも、呪われた子である自分が奥女中になどなれるはずがない。そう心の中で呟きながら続けて文を読んだ時、里沙は心底驚いた。

【大奥は男子禁制の場所。城の外では男がやって然るべきことも、大奥ではすべて女がそのお役目に就いているのです。大奥には事情を抱えた者も多くいるが、どんな女子《おなご》もここでは皆いきいきと働いているのですよ】

叔母は心の中が見えるのだろうか。そう錯覚してしまうほど、里沙の疑問に答えるような文面がそこには綴られていた。

【城の外では及び難いことも可能になり得る。それが大奥の現《うつつ》なのです。母上も言っておられただろう。そなたは呪われてなどおらぬ。その目はきっと、誰かを救うことさえできる〝特別な目〟なのだと】

もう何度も読み返しているはずなのに、里沙の潤んだ両目から自然と涙がこぼれた。

刹那、穏やかで優しい祖母の声と、高く澄んだ品のある叔母の声が同時に聞こえた気がした。

はっと顔を上げ、慌てて戸を開けたが、当然そこには誰もいない。けれど、微かな光を放つ朧月が、自分を照らしてくれているような気がした。同時に、里沙の心の中に強い風が吹きつける。それは、真っ暗に閉ざされた未来を吹き飛ばすかの如く強く、けれどとても優しい風だった。

文机の前に座り直した里沙は背筋を伸ばし、筆を手に取った。

祖母が言ってくれたあの言葉は、大奥に行けば現実のものとなるのだろうか。

なんのために生まれたのか、なんのために生きているのか分からない自分が、誰かの役に立てるのだろうか。

心のままに返事を綴れば、あるいは、大嫌いな自分を少しは好きになれるのだろうか。

人とは違うこの目を、誇りに思える日がくるのだろうか。

幼い頃から求め続けてきた親からの愛情は、終《つい》ぞ感じることはなかった。けれどそれならば、これからは自分が愛を持って誰かの助けとなりたい。

このまま、誰からも名を呼んでもらえず一生を終えるくらいなら、勇気を出して一歩踏み出したい。

期待と不安が入り混じる中、里沙はゆっくりと筆を走らせた。

雲も泡も掴めないけれど、自分のもとへと伸ばしてくれた手ならば、握ることができる。

【大奥へ、上がりとう存じます】

再び叔母から文が送られてきたのは、それから一月後のこと。

【手はずはすべてこちらで整えるゆえ、そなたは何も心配しなくてよい】

とはいえ、父に相談もなく決めたところで許してもらえるはずがないと里沙は思っていた。

けれどそんな不安をよそに、文にあった叔母の言葉通りに話はあれよあれよという間に進んだ。

「なんでこの人なのよ！　こんな人に奥女中が勤まるわけないわ！　城へ上がって上様に仕えるべきなのは、このあたしよ！　あたしなら上様の寵愛を受け、将軍生母にもなれるのに」

美代は烈火の如く憤慨していたけれど、父は可愛がっていたはずの美代の言葉を一切聞き入れなかった。

また、暴言のひとつやふたつ吐かれる覚悟をしていたが、兄さえも何も言わなかった。それどころか、里沙の奥入りを喜んだ時には何やら不気味に思えたけれど、里沙の計り知れないところで叔母が手を回したのだろう。

恐らく、娘の奥入りと同時に昇進できるよう便宜を図ったのかもしれない。父も兄も、世間体を気にすることなく呪われた厄介者の娘を追い出せる上に、自分たちの出世まで望めるのだから願ったり叶ったりだ。つまり出世や保身のために娘を差し出したということになるのだが、それでも里沙は、父と兄の役に立てたのかもしれないと思うと少しだけ嬉しかった。

ただ、里沙の奥入りが決まった時、父と兄は喜々として自分たちの昇進を喜んだが、母は何も言わなかった。

奥入りの件で母が唯一言ったのは、悔しがっている美代に対し、

「そんなに悔いる必要はありません。女の幸せは、良い殿方との縁を結び、子を産んで育てることにつきますよ。そなたには、これ以上ない縁談を用意しますからね」

それだけだ。分かっていたことだが、里沙を見ようとしなかった母の心の内だけは、最後まで知り得なかった。

兎も角、大奥へ上がるため旗本家の養女となるにも金が必要なのだが、それも叔母が用意してくれたのだろう。かつての叔母と同じように旗本家の養女となった里沙は、大奥へ上がることになったのだ。

それは、奥女中を勤める叔母の豊から文が届いて半年以上が経った、木々が鮮やかな紅に彩られた暮れの秋のこと。

＊＊＊

「――こんな私でも生きていていいのだと、誰かの助けになれるのだと、そう思いたかったのです。そのために、私は城へ上がりました」

呪われた子とはどういうことなのか、その意味を聞くことなく、松は里沙の言葉に何度も頷きながら耳を傾けてくれていた。

「そう、なら丁度いいわ。ここでは上様のため、あるいは手助けが必要な誰かのために、皆が懸命に働いているのだから」

「はい。私は、私のすべてを懸けて勤める所存です。そのために、お松様にご指導いただ
きたく――」

「ほらほら、だからそう堅苦しくならない。もっと肩の力を抜いて。それからお松様って
いうのもやめてくれない？　同じ部屋方なんだから、お松さんでいいのよ」

松はそう言って里沙の両肩に手を置いた。

「は、はい。すみません。お松さま……さん」

慌てる里沙の初々しい反応に、松は穏やかな笑みをこぼさずにはいられない。

「お里沙が誰かのために何かをしたいというのなら、私はお里沙が困った時にいつでも力
になるから、それだけは覚えておくように」

松は最後に金平糖をひと粒里沙の口の中に入れ、器に蓋をした。

「これはまた今度の楽しみに取っておこう」

口の中に残った金平糖の甘さと松の優しさが、里沙の胸に広がる。

祖母が他界して以来、誰かからの温かみを直に感じるのは久しぶりだ。

「さぁ、息抜きはおしまいだね」

松が着物の裾を整えながら立ち上がった。祖母のことを思い出して少しだけ感情的にな
った里沙は気を引き締め、梯子を下りる松に続く。

「野村様付きの部屋方になったお里沙も、今日からここで寝泊まりすることになるから」

他の部屋方が一緒だとしても、昨日まで納屋で眠っていた里沙にとっては広すぎるので、落ち着いて眠れるのか今から少し不安だ。

「それから、奥女中と違って私たち部屋方が行けるのは女中の住居である長局だけで、野村様の指示があった時以外は原則的に他の場所への出入りは禁止されているから、気をつけて」

「はい」

「長局は上級女中の方々が住む一の側から、その他御目見《おめみえ》以上の女中が住む二の側、三の側。御目見以下が住む四の側と、これら四棟の東側にも御中居《おなかい》、御火《おひ》の番《ばん》、御末《おすえ》が住む長局があるの」

各部屋の前を走る四十間（約七十三メートル）以上の長い廊下を歩きながら松の説明を聞いている里沙は、この迷宮のような長局にすでに目が回りそうだった。

長局だけでもこれだけの広さがあるというのに、大奥には他に御台所《みだいどころ》、将軍生母の住まいや、奥女中たちの詰所などがある御殿向《ごてんむき》。それから表の世界との境であり男の役人が詰める大奥の玄関口、広敷向《ひろしきむき》も合わせると約六千三百坪もあるのだから、もはや里沙の脳内では処理しきれないほどの規模だ。

「どの部屋も相部屋だから実際はそこまで広々と使えるわけじゃないの。御目見以上でも相部屋だし、野村様のような上級女中でも私たち部屋方が同居しているんだから。でもね、大奥で過ごすなら一人よりも賑やかなほうが断然いいのよ」

松の話を聞き逃さないよう、最初からずっと真剣に耳を傾けている里沙は、一瞬だけ複雑な表情を浮かべた松を再度食い入るように見つめた。

「ご側室の中には、お部屋様やお腹様になられて一人部屋になる方もいるけど、この広い塀の中に一人というのは、ちょっと寂しすぎると思わない？　それを望んでおられる方がほとんどだと思うんだけどさ、賑やかなのが好きな私には到底無理よ」

確かに、松の言う通りだ。側室など想像すること自体おこがましく、里沙にとっては別世界の話だけれど、こんなにも広大な城の中で一人部屋をもらえても寂しいだけだ。納屋のような狭い場所でさえ、一人きりになった途端とても広く感じるのだから。

「まっ、出世を望んでない私にとっては関係のない話だけど、それでもこれまで随分気を使って過ごしてきたのよ。だって、上様が私を見かけたらお声がかかるかもしれないじゃない？　だから万が一にも出会ったりしないように気をつけてきたんだから」

それでも一度だけ、上様に出くわしてしまったことがあると言う。

松がまだ十五歳の時、野村の指示に従って千鳥《ちどり》の間《ま》を訪れた際、美しい御側室を連れて庭の散歩をしていた上様が、ふと目を向けた。その時、松は深く頭を下げた野村のうしろへ咄嗟に隠れてしまい、あとで野村に酷く叱られたそう。

「でもさ、仕方ないじゃない。四十歳を過ぎた上様のお姿が、想像していたよりもずっとふくよかだったんだもの」

小声で里沙に耳打ちした松は、少女のような悪戯っぽい笑みを浮かべた。つられてくすりと微笑んだ里沙は、自分もこうして笑えるのだということを思い出し、少し驚いた。

大奥という女の園では、そこかしこで絶えず嫉妬や欲望に駆られた争いが起きている。江戸の町ではそんなふうに想像する庶民がほとんどだけれど、実際はそうでもないのかもしれない。

もちろん、上様の寵愛を巡る争いもこの城のどこかで起こっているのかもしれないが、あっけらかんとしながらもどこか楽しむように話す松を見ていると、どろどろとした愛憎や陰謀渦巻く女の世界とはかけ離れているように思えて、少し安心する。

「なんだか城へ上がる前と今とでは、大奥への印象がだいぶ違う気がいたします」

「新しく入ってきた女中は、だいたいみんなそう言うのよ。大奥は確かに女の園だけど、世継ぎ争いとは無縁の女たちが大多数。ご側室なんてごく一部よ」

鈍色《にびいろ》のお仕着せの袂を紐で結び、長局の長い廊下を懸命に掃除する女中たちや、雑用を頼まれたのか、真剣な表情で廊下を足早に歩く女中が里沙の目に留まった。豪華な手付きの煙草盆を慎重に運んでいる女中は上級女中か、もしかすると御台所のところへ向かっているのかもしれない。

そんなふうに、一人一人が奥女中としての勤めを果たす姿を目にしただけで、里沙の心は静かに躍った。

「野村様は普段、御年寄の詰所である千鳥の間にいらっしゃるのだけど、さっきも言った通り私たち部屋方は長局の中しか行き来できないわ。だからお忙しい野村様が詰所へ行かれている間、私たちは身の回りの雑用をこなすのよ。お里沙は日常の世話や衣類の支度、その他野村様の言いつけに従って動けば問題ないから」

部屋方にも局、合の間、小僧、多聞《たもん》とそれぞれ役割があるのだと松は里沙に説いた。

「野村様が詰所から戻られる前に多聞が食事の支度をするから、お里沙は煙草盆や御香盆など身の回りを整えて、それから部屋の汚れなどに気づいた時はすぐに掃除をするように。他、何かあれば遠慮なく私に聞いてくれていいから」

一通り、長局や部屋方について教示を受けた里沙は深く息を吸い、一人静かに気合を入れた。

松の言いつけ通りに必要な物を運び整え、埃を見つけては箒や雑巾で払い、松や他の部屋方の仕事ぶりを学びながら無我夢中で働いた。

途中、呉服の間から届けられた野村の新しい打掛を受け取った時には、落としてしまわないか、どこかに引っかけて台無しにしてしまわないかという不安から、全身が震えた。

とにかく粗相のないよう神経を常に尖らせながら、ひとつひとつのお役目を懸命に果たした。

「さぁ、私たちも食事にしましょう」

松に声をかけられ、里沙はこの日の仕事が終わったことにようやく気づく。

「何やらあっという間でございました」

言葉通り、里沙の大奥初日は矢のように流れた。

野村が食事を終えて部屋を出た後、部屋方である里沙たちは六ツ半（午後七時）、多聞が炊いた飯や御膳所《ごぜんしょ》からいただいた余りものなどを、手の空いている者から順に食べる。

普段部屋方が詰める八畳間に、里沙と松、それから同じ部屋方の五名が共に座った。

祖母が亡くなってからの三年間、里沙は誰かと食事を共にすることなどなかった。それも、こんなに大勢で賑やかな食事は生まれて初めてだ。

「野村様の新しい冬の打掛も、見事でしたね」

「本当に。松の上に降る雪がとても繊細に表現されていてお美しいこと」

二人の部屋方の言葉に、ここにいる女中が皆深く頷いた。

今日、自分が運んだ打掛のことだろうか。家族の着物を扱う時には感じたことのない、腕に残るあのずっしりとした重厚感を、里沙はきっとこの先も忘れることはないだろう。

「野村様のお美しい衣装もしっかり管理しないと、またあんなことが起こったら大変だからね」

松がそう言うと、他の女中たちは何やら難しい顔をした。その様子に、里沙は首を傾げる。

「あぁそうか、お里沙は知らなくて当然ね。ここだけの話、と言っても今いる奥女中のほとんどが知っていることなんだけどね」

松が声をひそめると、里沙は少しだけ前のめりになって耳を傾けた。

「今から四年前に、とある上級女中二人の着物が盗まれるっていう事件があってね」

「盗みですか!?」

思わず声を上げてしまった里沙は、慌てて自分の口を両手で押さえた。

「犯人が見つかるまで三ヵ月以上かかったんだけど、結局盗んだのはとある御三《おさん》の間《ま》の部屋方だったの」

松の話によると、盗みを働いたことを自白した女は長局の前に晒されたあと宿預け、つまり保護観察処分となったのだと言う。

四年前といえばもちろん松はすでに大奥にいたため犯人のことは知っているはずだが、松は最後まで女の名前は出さなかった。終わった事件であることと、犯人の女も今は別の場所で暮らしているということを配慮したのだろう。

「何が大変だったって、何も関係ないのに疑われた女中もたくさんいて、しばらくは親類に文を送るのさえ禁じられたんだから」

「そうそう。部屋の中をあれこれ調べられたりしたわよね」

松の言葉に続いて別の女中が苦笑いを浮かべた。

文が送れなかったという話を聞いて、里沙にはひとつ思い当たるふしがあった。まだ祖母が生きていた頃、奥勤めをしている豊から文が途絶えたことがあった。それまでは一月、長くても二月に一度は送られてきていたのだが、三月以上音沙汰がなかったので豊の身を案じた記憶がある。

今の話を聞く限り、文政三年に衣類盗難事件があったため、豊は里沙に文を送れなかったのだろう。

「二度とあんなことが起こらないように、管理する側も気をつけなければいけないわね。私たちもしっかり野村様にお仕えしましょう」

仕える主人は違っていても、同じ部屋方が起こした事件なので胸が痛む部分もあるのだろう。松は部屋方の局として熱心にそう告げ、里沙を含む部屋方の女中は揃って首肯した。

思わぬところで豊からの手紙が途絶えた理由を知った里沙は、その後も夕食を続け、片付けまですべて終えた頃には宵五ツ（午後八時）になっていた。

夕飯が終われば、床に就く夜四ツ（午後十時）頃までは自由に過ごせる時間となる。

自由と言われても何をしていいのか分からない里沙は、ひとまず部屋の中央に正座をした。他の女中は数名が二階へ上がり、残りは部屋を出てどこかへ行ったようだ。里沙の周りに人がいなくなり、途端に静けさが周囲を包む。

ずっと寂しければ、それに慣れてしまって何も感じないけれど、今日の里沙は少し違う。共に食事をした女中たちの顔や声が脳裏に残り、それがふと突風のように寂しさを運んでくるのだ。

「お里沙?」

はっとして振り返ると、台所の先にある障子戸を開け、廊下から松が入ってきた。

「お松さん」

「何をしてるの?」

「はい。何をしていいのやら分からず、こうして座っておりました」

里沙が一人でただ座っていただけだと知った松は、口元に手を当ててふっと微笑を漏らした。

「それなら、雰囲気に慣れるためにも少し歩くというのはどう?」

「ぜひ、お邪魔でなければご一緒させてください」

「だから、硬い硬い」

松は笑いながら里沙の背中をぽんと叩く。松の手は、もはや里沙の緊張を解くための呪《まじな》いのようになっている。

長局の各棟を繋ぐ出仕廊下を歩いていると、仕事を終えた何人もの女中たちとすれ違った。部屋方は奥女中よりも身分が低いため、そのたびに二人は立ち止まってお辞儀をする。

中には疲れた顔をしている者もいるが、その多くは晴れ晴れとした表情を浮かべながら会釈をしてくれた。一日の勤めを果たした後のこの時間は、恐らくどの女中にとっても至福の時なのかもしれない。

そんな中、身分の低い部屋方に対し、「お松さんお元気？」と自ら声をかけてくる奥女中が多いことに里沙は気づいた。長く勤めている松には、知り合いもそれなりに多いのだろうか。

そんなことを思いながら廊下を歩いていると、どこからともなく響く微かな琴の音色が里沙の耳に届いた。

「御三の間のお女中が、琴の鍛錬でもしているのかもしれないわね」

松にも聞こえたのだろう。そう言って耳を澄まし、二人で欠けた月を見上げた。

「私はね、この時間に長局を歩くのが好きなの。一日の中で唯一、奥女中の普段の顔が見られる時間だからね」

「普段の顔、ですか？」

「そう。笑っている方がいたら、『あぁ、きっと何かいいことがあったのかな』とか想像してこっちまで幸せな気持ちになるし。逆に暗い顔をしている方がいたら、何か心配事でもあるのかもしれないと思って、声をかけるきっかけにもなるでしょ」

「声をおかけになるのですか？」

少し驚いた里沙は、瞬きをしながら松に訊ねた。

「いきなり『大丈夫ですか？』なんて言うわけじゃないけど、何か話すきっかけを作ってお知り合いになり、そこからその方の悩みを聞いて差し上げられたらいいなと思っているの。まぁ、すぐに心を開いてなんでも話してくださる方は少ないのだけどね」

明るい表情で松に話しかける奥女中が多い理由を、里沙はなんとなく分かったような気がした。

「お松さんは、お優しい方なのですね」

「何言ってんの。そんなんじゃないよ」

素直な里沙の言葉に、松は照れくさそうに鼻をかいた。

二人で夜の散歩、といっても長局の中だけだが、目的もなく楽しむこと四半刻（三十分）。三の側の廊下に差し掛かると、正面を見据えていた里沙は思わず立ち止まった。

いつ会えるか分からないけれど、近いうちに礼を伝えたいと思っていた相手が、廊下の先からこちらに向かって来るのが見えたからだ。

豪奢な打掛と片外しに結った髪から、御目見以上の女中だと分かる。里沙は廊下の端に寄り、その奥女中に向かって深々と頭を下げた。

「お会いしとうございました。誠に、なんとお礼を申し上げたらよいか……」

声を震わせながらそう伝えた里沙は、板張りの床を見つめながら、そこに涙がこぼれ落ちないよう、必死に耐えた。

「おもてを上げなさい」

高く澄んだ声が聞こえ、里沙はゆっくりと顔を上げた。

「お久しぶりですね、お里沙。少し痩せたのではないか」

今にも泣き出してしまいそうな里沙の目を見つめ、その身を気遣うように里沙の腕をさわったのは、奥入りを勧めてくれた叔母の豊だ。

「はい、お久しぶりでございます」

城へ上がったらまず叔母に会いたいと思っていたのだが、女中となったからには勝手な行動は許されない。いつか野村の許可を得ることができればすぐに豊に会いに行こうと決めていたが、こうして偶然顔を合わせることができたのは、この上ない喜びだ。

「無事、城へ上がれてなによりです」

紅葉を散らした市紅茶《しこうちゃ》色の打掛はかくも美しく、薄暗くなった空の下でも、凛とした豊の面差しを引き立たせている。

「お豊様が私に文を送ってくださったから、私は……」

「すべて分かっているゆえ、何も言わずともよい。三年前、一番つらい時にずっとそなたのそばにいてやることができず、申し訳なかった」

「そんな、滅相もございません」

言葉を詰まらせた里沙は、一度下げた視線を再び豊に合わせた。

「私がこうして一歩踏み出せたのは、お豊様のお陰でございます」

御右筆《ごゆうひつ》として勤めている豊は御目見以上のため宿下がりは叶わないのだが、身内の病気となれば例外として許可が下りる。そのため自分の母親の臨終を聞き、豊はすぐに駆けつけたのだが間に合わず、到着したのは祖母がすでに息を引き取った後だった。

けれどその時、豊は涙を一切見せなかった。それどころか、亡くなった祖母に近づくことが許されず、家族と離れた場所で一人泣き腫らす里沙の手を取り、横たわる祖母の隣に座らせてくれたのは、豊だった。

渋面を作る里沙の兄や妹をよそに、豊は、

『この家の中で一番心の優しいそなたが、最後の別れを言わなくてどうするのだ。母もまた、そなたに手を握ってほしいと思っておる』

そう言ってくれた。

自分を忌み嫌う家族の前で祖母と最後の別れができたのは、豊のお陰だった。

三年前に見たそんな豊の強さと美しさは、今もまったく変わっていない。

「そうか、お松がそなたの面倒を見ているのですね。それなら安心です」

穏やかな表情を見せた豊に応えるように、松がお辞儀をした。

「野村様の部屋方として、まずはしっかりお仕えしなさい」

「はい、精一杯勤めさせていただきます」

里沙の言葉に軽く頷いた豊が、続けて言った。

「お里沙。ここ大奥には、そなたにしかできないことが必ずあります。誰かのために、そして自分のために、励むのですよ」

豊とお付きの女中が三の側にある部屋の中に入っていくのを見届けてから、里沙は松と共に再び足を進めた。

夕月夜の澄んだ風を感じながら野村の部屋へ戻ろうとした時、今度は近くにある御火の番の部屋から何やら騒々しい声が聞こえてきた。

「私には無理でございます」

「そうは言っても他にいないのですよ」

「どうかご勘弁を！」

そんな声と同時に障子戸が勢いよく開き、中から一人の女中が出てきた。丁度廊下を歩いていた里沙とぶつかりそうになったが、間一髪のところで衝突は免れた。

「申し訳ございません」

「いえ、こちらこそ……」

里沙が先に謝ると、木綿の縞小袖を着た御火の番の女中が若干気まずそうに視線を逸らした。里沙の目には、その女中の顔色があまり良くないように見える。

「お汐《しお》さん、松です」

松が御火の番の女中に向かってそう言うと、汐と呼ばれた女中は顔を上げた。

「あっ、お松さんでしたか」

汐もやはり松を知っているようだけれど、こうして名乗るまで気づかないというのはどうしたものか。

「あの、私のような新参者が申し上げるのは差し出がましいのですが、何かお困りなことでもあるのですか？」

本来なら知り合いである松から声をかけるのが自然だし、松も恐らくそうするつもりだったに違いない。けれど目の前にいる汐の蒼ざめた顔を見て勝手に口が動いてしまったことに、里沙は自分でも驚いた。

「いえ、これは私たちの問題ですので」

汐が出てきた御火の番の部屋の中を一瞥すると、中にいる数名の女中たちが不安そうに身を寄せ合いながら里沙と松のほうを見ていた。

私たちの問題だということは、やはり何かあるということ。

「何かあるのなら教えてもらえませんか？　もしかしたら、力になれることもあるかもしれませんので」

今度は松が優しい口吻でそう申し出ると、汐はうしろを振り返り、部屋の中にいる女中たちと視線を交わし合った。そして軽く頷いたあと、もう一度二人のほうへ向き直る。

「あ、あの……もしよければ、こちらへお入りください」

汐の申し出に従い、二人は長局東に位置する部屋の中へ入った。誰にも聞かれないように、ということだろうか。

御火の番が住む相部屋の広さは、一の側の部屋の半分もない。そこで里沙と松は何やら神妙な顔つきの女中四名と共に輪になるように座ると、汐が静かに口を開いた。

「お分かりの通り、私たちは御火の番なのですが……」

御火の番とは、長局の各部屋を巡回して火の元を注意する役目のこと。

江戸の町では火事が頻繁に起こっているが、ここ大奥も例外ではない。そのため御火の番は、昼夜を問わず火事から城を守るための大事な役目だと松が教えてくれた。

「実は、火の番について近頃少々問題がございまして」

「問題、とは？」

松の問いかけに、汐が続けた。

「はい。あの、とても馬鹿げているとお思いになるかもしれませんが、私たちは決してふざけているわけではなく、信じてもらえないでしょうが……」

なかなか本題に入らず、何やら躊躇っている様子の汐。

ここまで言い淀むのは何かわけがあるはずだ。同時に、自分たちではもはやどうすることもできない問題に直面しているともとれる。そう思った里沙は、汐を真っ直ぐに見つめて言った。

「そんなことは決して思いませんので、どうかお話しください」

真剣な里沙と松の表情に、汐は意を決したように顔を上げた。

「じ、実は……火の番が、恐ろしいのです。与えられたお役目を果たせないのならここにいる意味がないというのは重々承知ですが、我々も人間。怖いものは怖いのです」

膝の上で握りしめた汐の拳が、弱々しく震えている。

「怖い、といいますと」

状況がまだよく分からない里沙が更なる説明を求めると、汐は声を震わせながら続けた。

「長局、二の側や三の側の出仕廊下辺りに、出るのです。〝亡霊〟が」

汐の話によると、こうだ。

一月前、いつものように一人の御火の番が大奥を巡回していた時、ふいにこんな声が聞こえてきたそうだ。

『誰か……誰か……』

最初は風の音か何かがそう聞こえただけだと思ったのだが、別の女中が巡回した際もまた同じ幼げな声を聞き、そして今度は子供のすすり泣くような声も同時に響いたらしい。

時間は決まって夜八ツ前後。この一月、毎日ではないが、十三名いる御火の番のうち半分の女中が謎の声を聞いていた。中には恐怖で体調を崩し、寝込んでしまっている女中もいる。

そんなことが続いたからか、誰も深夜の巡回をしたくないと言い出し、もめているのだと汐は言った。

「このままでは、ここにいる者たち全員が不要とされ、暇を出されてしまいます。それだけは避けたいのですが、正直申しまして、私も怖いのです」

それはそうだろう。正体の分からない何かが毎夜現れ、薄暗い大奥の中で声だけが不気味に響くとなれば、汐の言うことも理解できる。

「姿を見た者は誰もいないのですが、声なら何人も聞いています。昔から、大奥には狸や狐が化けた物の怪や亡霊などが出るという噂もありますし……」

普通なら見えなくて当然。得体の知れないものを相手にしているからこそ、恐怖心というのは一層増すものなのだ。

けれど、里沙は違う。

この赤茶色の呪われた瞳には、普通の人には見えない亡霊が映ってしまうからだ。

「分かりました。声を聞いた時間や場所など、もう少し詳しく教えてもらえますか」

即座に付け加えて里沙が尋ねると、汐はぽかんと口を開いたまま瞼を何度も上下した。

そして、耳を疑うかのように聞き返す。

「信じて、くださるのですか？」

この怪異な話をすんなり受け入れた里沙に、汐は驚いた。まったく疑う様子のない里沙の反応に、他の火の番衆も揃って驚異の目を見張る。

「当然です。嘘偽りを私たちに話す理由はないですし、何より、話している時のお汐さんは震えておりました。芝居であんなふうにできるとは思えません」

松も同様に「当然、私も信じますよ」と付言した。

御火の番の女中としてしっかり勤め上げたいのに、それができない歯痒さや苛立ちのようなものもきっとあるのだろう。女中たちはみんな涙目で、怯えの中に悔しさのような思いが浮かんでいるのを里沙は感じ取った。

少し種類は違うけれど、自分もかつてはそんな顔ばかりしていた。

家族の顔色をうかがい、次はどんな言葉の刃が飛んでくるのか怯え、震えていた。理不尽な仕打ちに悔しくて涙が出そうになったこともある。だから、彼女たちの怯えた顔を前に、その言い分が偽りなどと誰が言えるだろう。

見える里沙にとって亡霊が存在するということは、疑いようのない事実。見える自分ならきっと、何かの役に立てると判断したのだ。

それに、幼い頃は怖い存在でしかなかった亡霊も、今ではさすがに見慣れてしまったので恐怖心はない。町で亡霊が見えたとしても、里沙にとってはあたり前にそこにある景色と同じだ。

「お里沙さん、お松さん、信じてくださりありがとうございます。一度はお祓いなども考えましたが、こんな話誰も信じてくれないだろうと。それどころか、御年寄の方々に嫌われでもしたらと思うと……」

ここ大奥では、環境も人間関係も非常に独特で複雑だ。現から離れた大奥という世界で上手くやっていきたいと思うのなら、目上の者に好かれておかなければ肩身の狭い思いをする。そのため、余計ないざこざは起こしたくないと考えて当然だった。

「話してくださり、私のほうこそありがとうございます。少しでも力になれる方法を考えますので、話をもう一度詳しく聞かせていただけますか」

亡霊の姿が見える自分なら、解決の糸口が見つけられるかもしれない。

そう思いながら汐の話に耳を傾けてはいるが、聞いたところで何もできない可能性もある。なぜなら、亡霊を目にすることはあっても、それらとかかわったことは一切ないからだ。

ただ幽《かす》かに見えるというだけで、これまで自分から話しかけることは疎《おろ》か、話しかけてくることも襲ってくることもなかった。

亡霊とは、はたしてかかわりを持っても大丈夫なものなのだろうか……。

話しかけても応えてくれないと意味がないのだが、応えてくれたとして、それが悪霊の類であったなら襲われる可能性もある。もしなんらかの方法で危害を加えられそうになったら、どう抵抗したらいいのだろう。

一抹の不安が過ったけれど、これは自分にしかできない使命なのだと、里沙は己の心に誓った。

第二章　彷徨える亡霊

昨夜は案の定、慣れない部屋の広さになかなか寝付くことができなかった。

眠れないのならと、その時間を利用して里沙《りさ》は考えた。いくら御火の番の力になりたいとはいえ、部屋方が許可なく勝手に行動するなど論外。つまり、何をするにもまずは主人である野村《のむら》に話を通さなければならないのだ。

すべてを嘘偽りなく告げ、その上で自分の意思を野村に示すしかないけれど、はたして信じてもらえるのだろうか。

大奥の中で里沙の目のことを知っているのは、叔母の豊《とよ》だけだ。親兄妹は『呪われているから幻覚が見えるのだ』と里沙を罵ったが、豊は疑念を抱くことなく、祖母と同じように里沙のことを無条件で信じてくれた。

だからといって、野村が信じてくれるとは限らない。寧ろ、怪しい奴だと思われ、追い出されるほうが現実的だろう。

どう告げたら思いが伝わるのか、里沙は一晩中そのことだけを考えていた。

「それで、話というのはなんじゃ」

翌朝、里沙は松《まつ》と共に野村の前で両手をついて頭を下げていた。

「恐れながら、申し上げます」

そう切りだした松が、御火の番から聞いた亡霊騒ぎの件を、包み隠さずすべて野村へ伝えた。

「――なるほど。それについては、すでに私の耳にも届いておる」

返ってきた野村の意外な言葉に、里沙と松は一様に目を見開いた。

「なんじゃ、私が知らぬとでも思ったのか。大奥でのことはすべて把握しておる。それに、長く勤めていれば亡霊騒ぎのひとつやふたつ経験してあたり前じゃ」

「では、亡霊が出るという話を信じてくださったのですか？」

恐る恐る里沙が聞くと、野村は手にしていた銀の煙管を持ち替えてひとつ小さく息を吐き、雁首を灰吹きにコツンと当てた。

「信じるかどうかは別じゃ。ただ、仕事をしたくないための虚言だとしたら、暇を出されることなど容易に想像できるであろう。そうなれば困るのは御火の番だというのに、そんな危険を背負ってまでつかねばならない嘘だとは到底思えぬ」

野村の言い分に、里沙と松は大いに納得して深く頷いた。

「だが、怖くて役目が果たせないという言い分は通用せぬ。どのような恐怖を感じたとて、尽力できぬのなら大奥にいる意味がない」

その言葉には、長年大奥に仕え、筆頭御年寄りまで上り詰めた野村の強さと厳格さがあった。

野村が述べたことは当然と言える。何も間違ってなどいないのだけれど、それではこの先御火の番の女中たちは、恐怖に耐えながら勤めなければならなくなるということ。

里沙は、昨日見た汐や他の女中たちの顔を思い出した。

自分はなんのために大奥へ来たのか。助けを必要とする誰かを救うためではないのか。

どんな言い方をしたとしても、そこに嘘が僅かでも混ざっていれば、野村にはきっと見透かされてしまうだろう。だとしたら、あれこれ考える意味はない。

「恐れながら、野村様」

もう一度深々と頭を下げ、里沙は声を上げた。

「御火の番の亡霊騒ぎの件、私に任せていただくことはできないでしょうか」

「そなたに？」

決して大きくはないのに、野村の低い声はずしりと重く響く。

臍を固めた里沙は、その赤茶色の瞳を野村へ向けた。

「はい。御火の番衆が安心して役目に就けるよう、私がその亡霊の正体を突き止め、此度《こたび》の亡霊騒ぎを解決いたします」

野村が目を細めると、隣に座している松が里沙を見た。そのような大口をたたいて大丈夫なのかと、松の心情が伝わってくる視線だ。

「何ゆえ、そなたが解決できると申すのじゃ」

「それは……」

昨日初めて会ったばかりだけれど、里沙はすでに松のことを信頼している。人払いをしたため、ここにはその信頼できる松と主の野村しかいない。真実を話すなら今しかないだろう。

里沙は全身を強張らせたまま、静かにゆっくり息を吸う。

「私は幼い頃から見えざる者、つまり亡霊と呼ばれる者が……見えるのでございます」

一瞬にして、空気が変わったような気がした。

それは驚きなのか戸惑いなのか、それとも疑心なのか分からない。けれど、朝の大奥の慌ただしさを表す周囲の喧騒が聞こえなくなるほど、部屋の中がしんと静まり返った。

「亡霊が、見えると申すのか？」

「はい。誓って、嘘偽りなどではございません。私の父と母は、私を呪われた子だと言い、この目があるせいで蔑ろにされてきました。幼い頃、亡霊が見えるなど言わなければよかったと、何度も後悔しました。けれど、今は違います。この目が御火の番の方々の助けになるのであれば、私はなんでもする所存でございます」

少しの沈黙が続いた後、野村の小さな息遣いが聞こえた。

「そうか。ではお里沙、これまでどのような亡霊を見てきたのか申してみろ」

信じたわけではないだろうが、問答無用で追い出されることはなかったと、里沙はほんの少しだけ胸を撫でおろす。

「はい。家の使いで表に出た際、南傳馬町《みなみてんまちょう》の表通りで御髪の乱れた女が立っているのをよく見かけました。それから雨の日になると日本橋《にほんばし》の袂に現れる白い髪の老婆や、夜の帳《とばり》の中を泣きながらさ迷い歩く子供も目にしたことがございます」

「それらが亡霊だと、なぜ分かるのだ」

「はい。私が目にした亡霊は、その姿全体が透けて見えます。霞んで見えるということではなく、本当に透けておりますゆえ、生きている人間ではないとひと目で分かるのです」

亡霊の顔や背格好は生きている人間とそう変わらず足もあるのだが、立っていてもそのうしろにある風景がよく見えるほどに透けている。ひとたび強い風が吹こうものなら、消えてしまいそうなほど亡霊の姿は儚いのだ。

「町を行き交う人々もまったく気づかないため、時に亡霊の体をすり抜ける者も少なくありませんでした」

一度、居間に座している男の亡霊が出た際は、妹の美代《みよ》がその男の上から座してしまったこともある。当然誰にも見えないので、食事をしている間、ずっと美代は男の亡霊の上に重なっていた。

「なるほど」

眉根を寄せた野村を前に、里沙の体に再び緊張が走る。

「そなたの言うことを真に受け、それを手放しで信じることはできぬ。だが、それが真実だと申すのなら此度の件を解決し、証明してみせよ」

野村からの思わぬ言葉に顔を上げた里沙は眉を開き、すぐにまた頭を下げた。

「はい、かしこまりました。早速なのですが、御火の番の代わりとして、私が夜中の巡回に当たってもよろしいでしょうか」

里沙の申し出に、「粗相なく適切に勤めるならよかろう」という野村の許可を得た里沙は、ひとまず安堵した。

「野村様、御火の番の話によると亡霊は毎日現れるわけではないようなので、お里沙に調べ上げるための猶予をいただきたいのですが」

里沙の考えが及ばなかったところを松が付け足し、野村に願い出てくれた。

「構わぬが、部屋方としての勤めを疎《おろそ》かにすることは許さぬぞ。お松のことは信頼しておるゆえ、心配はないと思うが」

「もちろんでございます。その点は局の私がしっかりと取り締まります」

松は十三年も野村に仕えているのだから、すでに強固な信頼関係を築いているのだろう。松が笑顔を見せると、野村の頬も少しだけ緩むことに里沙は気づいていた。

話を終えた二人は、すぐに部屋方としての仕事へ戻った。松は野村に付いて都度指示を受け、里沙は朝の総触れのための打掛を準備し、他の部屋方と共に野村の身支度を整える。それが終われば多聞の仕事である掃除や洗濯を積極的に手伝った。

昼九ツ（十二時）過ぎ、他の部屋方が全員昼食を終えた後、ようやくひと息ついた里沙は松と二人で昼食をとった。白米に、朝の残りの汁物と漬物だ。

「今日は朝から緊張したし、いつにも増して慌ただしく感じたよ」

十三年経ってもなお、野村と話をする時は毎回身が引き締まるのだと松は言った。

「で、御火の番の代わりに巡回して、どうするか策はあるの？」

「は、はい。えっと、巡回してみてからでないとなんとも言えないのですが、まずは亡霊を見つけるしかないかと」

「もし見つけたとして、その後は？」

「え？　あ、えっと、まず声をかけてみて、それに応えてくれるようだったら、詳しい話を聞いてみようかと」

何しろ亡霊に話しかけたことなど一度もないため、どうなるのか里沙自身も予想はまったくつかない。話をして泣き止ませればそれで収まるのか、疑問に思うことは多々あるのだが、それよりも……。

「あの、お松さん」

里沙が茶碗を下ろすと、松は頬張っていた白米を慌てて飲み込んだ。

「ん？」

「お松さんは、疑ってはいないのですか」

「疑うって、何を」

「その、私が……見えるということを」

腕を組み、視線を上げて僅かに考える素振りを見せた松が、決まりきったように答えた。

「疑う必要がどこにあるの？」

「で、ですが、普通は疑われて当然かと」

「普通が何かは私が決めることだよ。お里沙が真実だと言うのなら、私は信じる」

あっけらかんと言い放った松に、里沙はしばし唖然とした。

「そういうものなのでしょうか」

「そういうものよ。お里沙は随分つらい思いもしてきただろうけど、これからは自分を信じてくれる人を信じればいいの」

疑う素振りなど微塵も感じられない松に、胸の奥がじんと熱くなった。自分の気持ちに寄りそってくれる人は祖母と叔母だけだと思っていたのだが、そうではないのだと、広い世界に出たことで里沙は初めて思い知る。

「さぁ、仕事再開。野村様が戻るまでに全部終えるよ」

「はい。頑張りましょう」

＊

慌ただしい一日が今日も瞬く間に過ぎていき、夕食を終えて僅かな自由時間となったけれど、今日は散歩には行かず、夜の巡回に備えて里沙と松は仮眠をとった。

九ツ半（午前一時）。野村や他の女中を起こさないようそっと部屋を出た里沙と松は、汐《しお》の部屋に向かった。

部屋にいる御火の番の数が昨日よりも多いのは、里沙が自分たちの代わりに夜中の巡回をするという知らせを受けたからだろう。

「お里沙さん、あの、本当にいいのですか？」

「もちろんです。願い出たのは私なのですから。それに実は私、亡霊と言われる類のものがまったく怖くないのです」

見えるから慣れているとはさすがに言わなかったが、あっけらかんとしている里沙の様子に、汐は少々驚いていた。だが安堵したのだろう、石のように硬かった汐の表情がその時ばかりは少しだけ和らいだ。

「お里沙、本当に一人で行くの？　私も一緒に行ったほうがいい気がするけど」

「いえ、一人で大丈夫です。それより、お松さんは部屋に戻って眠っていてください」

二人で巡回したとして、もし亡霊の声が聞こえてしまったら松を無駄に怖がらせてしまうだけだ。そうなるくらいなら、怖くない自分が一人で動いたほうがいい。

「お里沙がそう言うなら任せるけど、もし何かあったらすぐに戻るんだよ。私はここで待ってるから」

「分かりました。では、行ってまいります。みなさんはお疲れでしょうから、少しの間だけでもこの件は忘れて、休んでいてください」

御火の番の女中たちはあまり眠れていないのだろう。蓄積された疲労が目の下にくっきりと出ている。

「分かりました。お里沙さん、どうかお気をつけて」

汐を含めた火の番衆に見送られた里沙は、提灯を手に廊下へ出た。星が瞬く澄んだ空と流れ込む冷たい空気は、冬の気配を感じさせる。

当然のことながら、大奥は昼間の喧騒など幻だったかのように静まり返っている。

どこからか微かに聞こえる梟の鳴き声や、風に吹かれてさらさらとなびく木々の音。亡霊騒ぎがなければ、それらは夜中に出歩く御火の番にとって、心地よい音色となっていたに違いない。

里沙は今一度深く息を吸って精神を集中させ、長局の最も北側に位置する四の側から巡回をはじめる。

亡霊の正体を知ることが目的なのだが、御火の番の代わりに動いているのだから、当然その役目もしっかりこなさなければならない。

「お火の元、お火の元……」

汐に教わった通り、きちんと火の元を注意しながら声をかけて各部屋を回る。少しでも火の気があれば、その部屋の者を起こして消させるのも御火の番の役目だ。

長い廊下には金網行燈が所々置かれているが、灯りの意味はあるのかと問いたくなるほど、正直言って薄暗い。廊下の先はほとんど見えないし、足元を頼りなく照らしてくれる程度だ。

ぼんやりと浮かぶ灯りが真夜中の大奥の不気味さを余計に増している上に、亡霊の噂が加わっているとあれば女中が一人で見回るのは困難だろう。

(お汐さんたちが怯えるのも無理ないわ)

そんなことを思いながら廊下を進んだけれど、四の側の廊下にそれらしき亡霊は見えなかった。

次に三の側を巡回するが、そこでは西側の天守台付近に佇む女の亡霊がぼんやりと見えただけだ。気にはなったけれど、今回の騒動の主は廊下に現れる子供らしいので、恐らくこの亡霊ではないだろうと里沙は判断して先を急ぐ。

もし御火の番の女中たちに先ほどの女の亡霊の存在が知られたら、騒ぎはより大きくなることは間違いない。見えないのが幸いだ。

(亡霊の方々、姿を見せたいのなら、今後もどうか私にだけ)

心の中でそう呟きながら、里沙は二の側の廊下へ進んだ。

そろそろ、亡霊の声を聞いたという夜八ツになる頃だろう。

緊張感を保ちながら歩き、出仕廊下に差し掛かる手前で一度立ち止まった里沙は、我が目を疑った。

小さく開いた唇の隙間から乾いた息を漏らし、赤茶色の瞳を揺らしながら激しく瞼を上下する。

「これは、どうしたことでしょう……」

誰か呼ばなければ。その前に、「曲者」と叫ぶほうが先か。けれど、大声をあげようにも喉が塞がって上手く声を出せない。

(なぜ、どうしてここに)

数々の疑問が里沙の脳裏を駆け巡る中、金網行燈の薄灯りが目の前にある緩みのない頬をぼんやりと映し出す。

藍《あい》色の小袖を着流している総髪のその者が、薄い唇の片端を僅かに上げると、肌を刺すような寒風と共に里沙を震え上がらせた。

（ありえません。こんなことは、絶対にあってはならない）

夜の静寂に包まれながら佇んでいるのは、間違いなく男だった。

この場に男などいるはずがない。ここは、大奥。将軍一人のために集められた千人以上の女たちが暮らす、男子禁制の場所なのだから。

なぜ、どうやって入ったのだろうか。

疑問は残ったままだが、少しずつ落ち着きを取り戻した里沙は一刻も早く助けを呼ぼうと考えた。男は体格がいいというわけではなかったが、上背がある。華奢で力のない自分が一人で敵う相手ではないため、近くの部屋に駆け込むのが一番だ。

そう判断した里沙が近くの障子戸へ視線を移した刹那、

「俺が……見えるのか？」

男が不可解な言葉を発した。

「……え？」

思わず反応してしまった里沙を見て、男は再び口を開く。

「俺が見えているのか？」

またしても同じ言葉を投げかけられ、里沙は訝しげに軽く頷いた。すると男は、口を半開きにしたまま目を見張った。その大きく開いた双眸は、まるで自分が物の怪にでもなってしまったのかと錯覚してしまうほどだ。

なぜこの者がそのような顔をするのか。瞠目すべきなのはこちらのほうなのに。

慄然としている里沙に向かって、男がすっと静かに歩みを進めた。

里沙の体は益々強張り、全身の血が凍ったような寒気を感じると、脳裏に大好きな祖母の顔が浮かんだ。

死ぬ間際には、一番会いたい人を思い出すものだと聞いたことがあるけれど、縁起でもない。祖母のことは常に想っているのだから、これはいつものことだ。

里沙は冷静になり、男を上から下まで凝視した。

見たところ刀はなさそうだけれど、懐に短刀や匕首を隠し持っている可能性はじゅうぶんにある。逃げて、とにかくこの場を離れなければ。

頭ではそう思っているのだけれど、退こうにも逸る気持ちとは裏腹に、すくみ上がってしまった足がまったく言うことを聞いてくれない。

すると、更に一歩近づいた男は里沙を見下ろし、言った。

「ようやく、出会えた」

美しい切れ長の目を里沙に向け、男は愁眉を開く。

「俺の名は佐之介《さのすけ》。江戸を彷徨い続けている……亡霊だ」

長い沈黙が二人の間に流れる。

（まさか……）

里沙が驚いているのは、「亡霊だ」と言った佐之介の言葉にではない。佐之介の姿そのものに驚いたのだ。

なぜなら、この目の前にいる佐之介という男は姿が透けているどころか、着流している小袖の皺までもがくっきりとよく見える。今まで見てきた儚い亡霊たちとは違いすぎるからだ。

この者のどこが亡霊だと言うのか。

里沙は怖々提灯を持ち上げた。紐でうしろに結んだ長い総髪は少し乱れていたが、涼しげな切れ長の目と高い鼻は男らしく、すっきりと細い顎はお芝居に出てくる女形を想像させる。かくも美しく端整な顔立ちの男が見ているのは、間違いなく里沙の目だ。

このような面差しの男は、亡霊も含めてこれまで一度たりとも見たことが……と、そこまで考えて、里沙ははっとした。

（い、今は顔立ちなど関係ありません。そんなことよりも）

やはりどう見ても亡霊には見えない。妖しい、妖しすぎる。亡霊だと咄嗟に偽り、これから何か悪さをするつもりだったのではないだろうか。美しい顔でしれっと自分を騙す気では？

「何をおっしゃっているのか、私には分かりません。と、とにかくそのままじっと、動かないで」

里沙にとっては、亡霊などよりも生きている男が大奥にいるほうがはるかに怖いのだ。

「驚くのも無理はないが、本当だ。その証拠に」

ゆっくりと右手を前に出す佐之介の仕草に反応して、里沙の体は一瞬震え上がったが、佐之介は右手を差し出したまま動こうとしない。

「触れてみてくれないか。そうすれば、俺の言うことが真実だと分かる」

さわろうとした瞬間に手を掴まれるかもしれない。偽りだと決めつけるのは良くないけれど、この状況はどうしたって警戒してしまう。

疑いの目を向けた里沙を、佐之介の真っ直ぐな眼差しが捉えた。

火が消えたような瞳で愁然と見つめる佐之介に、里沙はわけも分からず胸が張り裂けそうになった。

(なんて、悲しい目……)

真実を見抜く力などないが、里沙は心眼を開いて佐之介と視線を合わせた。

そして、引き込まれるかのように自身の左手を佐之介に向かって徐に伸ばす。するとその手は、佐之介の右手に重なることなくすり抜けてしまった。

「そなたが俺の姿を見て驚いた時、心底安堵したのだ。誰の目にも留まらぬまま、この先も孤独を耐え抜かなければならないのかと」

佐之介が目を伏せると、里沙もまた安堵したように視線を下げ、静かに息を吐いた。

「本当に、亡霊だったのですね」

よかったと言おうとしたけれど、死んでいる者に対してそれは相応しくないと思い、里沙は言葉を呑んだ。

「なぜかは分からないのですが、私は幼い頃から亡霊が見えるのです。けれど、佐之介様は今まで見てきた亡霊と違っていたので、疑ってしまいました。申し訳ございません」

里沙が頭を下げると、佐之介はフッと静かに笑みをこぼした。

「死んでいる者に対して疑ったことを謝るとは、そなた変わり者だな」

「す、すみません。ですが、佐之介様はこうして見ると本当に生きていらっしゃるようで、とても不思議です」

「様など付けず、佐之介でよい。そなた、名はなんという」

「はい、お里沙と申します」

「お里沙か。いい名だ」

「あの、佐之介さん。ひとつお尋ねしたいのですが」

「なんだ」

里沙はより声を潜めながら聞いた。

「一月ほど前からこの辺りに亡霊が出るという噂があるのですが、もしや佐之介さんのことではないかと」

子供の声だと沙は言っていたが、そう聞こえただけで実際は子供ではない可能性もある。

里沙は御火の番が聞いた声の詳細を佐之介に話したが、佐之介はすぐさまそれを否定した。

「悪いが俺ではない。城には何度か入ったが、ここ最近は江戸の町にいることが多かったからな」

「では、大奥へ入った時に、長局の廊下で泣いていた覚えは――」

「それは断じてない」

泣いていたと勘違いされるのが嫌なのか、若干語気を強めて答えた。

「申し訳ございません。疑っているわけではないのですが」

「いや、いいんだ。ただ、死んでいるとはいえ、泣いていたと思われるのは本意ではないからな」

そういえば、里沙は父が泣いているところを一度も見たことがなかった。『男が泣くのは恥だ』と常に言っていたように思う。

「……どうして、泣いてはいけないのでしょうか」

心の内を思わずこぼしてしまった里沙は、すぐさま「なんでもないです」と慌てて手を振った。

そんなことよりも、亡霊騒ぎの声が佐之介のものでないとしたら、やはり今日はもう現れないのかもしれない。少しでも解決の糸口が見えることを期待している御火の番衆を、がっかりさせてしまうだろうか。

里沙自身も少し落胆しているのは事実だが、まだこれで終わりというわけではない。

「あの、私は次の場所を巡回しなければなりませんので」

「あぁ、そうか。そうだな、お里沙は生きているのだから……」

「佐之介さん、どうかなさったのですか？」

亡霊にどうかしたのかと訊ねること自体おかしな話だが、再び影を落とした佐之介の瞳を前に、そう聞かずにはいられなかった。

「何かあるのでしたら、よければ私に話してください」

御火の番の難事もあるのに、その上亡霊の悩みまで聞こうというのか。自分自身に問いかけてみるものの、答えは変わらない。

「ひとつ、頼みがあるのだが」

「はい、なんでしょう」

どこか寂しそうな佐之介の瞳を、里沙は見つめ返す。

「俺は、自分がどうしたら成仏できるのか分からないのだ」

「成仏、ですか？」

永らく成仏できない霊がいることは、里沙もよく知っている。

自宅からほど近い海賊橋《かいぞくばし》付近で幼い頃からよく見かけていた浪人風の亡霊は、里沙が城へ上がる前々日の晩にも目にしていた。少なくとも十年以上は成仏することなく、あの場にいることになる。

一方で、幼い男の子が亡くなったという噂を聞いた時は、何度か長屋付近で男の子の亡霊を見た。だが一月と少し過ぎた頃からぱったりとその子を見かけることがなくなったのは、恐らく成仏したからだろう。

つまり目の前にいる佐之介は、成仏できないほうの亡霊。

「そうだ。そして俺は、いつどこでどうやって死んだのか思い出せないのだ。江戸の町で目を覚ました時には、すでに亡霊だったからな」

「記憶がない、ということですか？」

「見たことのある景色や自分の名など、僅かながら頭の片隅に残っている記憶もあるが、ほとんど思い出せない。目を覚ましてから十五年以上は経ったと思うのだがそれも定かではなく、あるいは、もっとずっと昔から亡霊だったのかもしれない。とにかく、成仏する方法が何ひとつ分からぬまま時だけが過ぎてしまった」

（そんなにも長い日々を、一人で……）

「だが今、ようやくほんの僅かな希望が見えた」

「希望？」

首を傾けた里沙に向かって、佐之介が言う。

「そなただ、お里沙」

「わ、私ですか？」

初めて会った亡霊に、希望などと言われるようなことは何もしていないと戸惑う里沙だったが、佐之介は続けた。

「誰にも見られず誰からも気づかれず、ただ繰り返し日が昇り沈んでいく中で彷徨い続けるのは、とても孤独で虚無感に苛まれるだけの日々であった」

いつ、どうしてこの世を去ったのか、生きていた時のことさえ分からないまま長い年月を一人で過ごしたとあれば、その苦しみは計り知れない。

佐之介の言葉に、里沙の胸が締めつけられた。

「だが、お里沙は気づいてくれた。誰の目にも留まらなかった俺を、お里沙は見てくれた。その目を大きく開き驚いてくれた。そして、声をかけてくれたのだ」

曲者だと勘違いして声を出したのだが、それが結果的には佐之介にとって喜ばしい出来事だったのだ。

「実は、私も亡霊に話しかけたのは初めてでした。声をかけようと思ったわけではなく本当に偶然なので、私が希望というのは少々大袈裟ですよ」

「いや、俺にとっては希望だ。考えてもみてくれ、周りには常に人が歩いているというのに誰にも自分の声は届かず、誰とも目が合うことのない永遠とも思える日々を。その中で、突如として目を合わせて声を聞いてくれる者が現れたのなら、それを希望と言わずして何と申せばいいのだ。お里沙は、その美しい赤茶色の瞳に俺を映してくれたのだから」

泣いていると思われるのは不本意だと言っていたが、佐之介の瞳が僅かに濡れているように見える。凛とした瞳に浮かぶその涙と佐之介の言葉に、里沙の心が揺れた。

「美しい……？」

こんな奇妙な色をした目が美しいなどと思ったことは、一度もない。それどころか、『気味が悪い』『その目が呪われている証拠だ』そう家族から罵られてきた。だから里沙は、自分の目の色が大嫌いだった。

けれど佐之介は、揺らぎのない綺麗な瞳を真っ直ぐ里沙に向け、言った。

「あぁ。とても美しい目を持つお里沙は、間違いなく俺の救いだ」

強い風にうしろから押されたような衝撃を受け、里沙の心臓は激しく鼓動する。

――その特別は、きっと誰かを救う。

「私が、救い……」

「そうだ。死人が口にする言葉として正しいのかは分からないが、ようやく一筋の光が差したのだと俺は思っている。だからどうか、一緒に考えてはくれないだろうか」

佐之介の言う「考える」とは、成仏する方法のことだろう。里沙は提灯を握る手に力を込めた。

「頼む、そなたしかいないのだ」

考えたところで答えが見つかるとは限らないけれど、こんなにも困っている佐之介の申し出を断る理由のほうが見つからない。

それに、大嫌いなこの目を美しいと言ってくれた佐之介の力になりたいと、里沙は強く思った。

「分かりました。私でよければ、一緒に考えていきましょう。ですが……」

里沙がそこまで言うと、廊下の先の暗闇で揺れる微かな灯りが目に入った。

「お里沙さん」

静かな足音を立てながら廊下を渡り、暗がりの中から姿を現したのは汐と松だ。その瞬間、里沙は焦ってうしろを振り返るが、佐之介は涼しい顔をしたままそこに立っている。

大奥に男がいるというのに、二人に動揺はまったく見られない。

「戻りが遅いから心配したんだよ」

不安げにそう言う松の視線には、里沙しか映っていないようだ。里沙にはこんなにもはっきりと佐之介の姿が見えるのに、やはり亡霊なのだと改めて納得した。

「こうして待っていたら声が聞こえるのではと思ったのですが、少し長く留まりすぎてしまいました。ご心配をおかけしてしまい、すみません」

途中佐之介と出会って話をしていたために長くなってしまったのだが、その間も結局子供の声は聞こえてこなかった。

「そうですか。では、今夜は現れなかったのですね」

一瞬目を伏せ落胆した様子を見せた汐に、里沙はやるせない気持ちになる。せっかくこの目が役に立つ時が来たというのに、見たい時に見えないとは不甲斐ない。

「じゃあ、とりあえず残りの巡回をして戻りましょうか」

松の言葉に従い、三人は静かに廊下を進んだ。

そしてすべてを回ったあと御火の番の部屋に戻り、今度は待っていた別の女中が交代で巡回にあたることになる。

日が昇るにはまだ早いが、すでに八ツ半（午前三時）を過ぎている。亡霊が出ると言われる時間はとうに過ぎていたので、御火の番の女中は不安に駆られることなく部屋を出た。

「お里沙さん、代わっていただいたのにすみません」

御火の番を代わったのは里沙の意思なのだから、汐が謝る必要などない。せっかく出向いたのに亡霊が出なかったことに対しての謝罪だというのなら、尚更だ。亡霊はこちらの思うように出たり消えたりしてくれるわけではないので、誰のせいでもないのだから。

「いえ、私はいいんです。それより、少しは心を休められましたか？」

「は、はい。お里沙さんのお陰でみんな久しぶりに休むことができました」

蓄積された疲労はそう簡単に取れるものではない。里沙が御火の番をしている間も、恐らく眠れてはいないだろう。充血した目を里沙に向け、汐は不自然に微笑んだ。

「無理はしないでください。明日もまた同刻に長局を回ってみますので」

「そんな、これ以上迷惑はかけられません。野村様にも申し訳なくて」

「何をおっしゃいます！　迷惑などとは思っていませんよ！」

うつむく汐の手を突然握り、松が力強く言い切った。

「それに、私たちが仕えさせていただいている野村様には、きちんと話をして了承を得ておりますし、何よりこのままこのお里沙が引き下がるとは思えません。そうでしょ？」

「もちろんでございます」

自分が言おうとしていた言葉をすべて松に言われてしまった里沙は、そう胸を張って答えた。

「まぁ、巡回するのはお里沙なんですけどね。私、こう見えて実は怖がりなんですよ」

ぺろりと舌を出した松に、汐や他の女中の表情が少し和んだ。

解決できるかは分からないけれど、松の言う通り、たった一度見回っただけで終わりにする気など毛頭ない。

「どうか、あと少し私にやらせてもらえないでしょうか」

畳に手をついて里沙が頭を下げると、汐を含む御火の番衆は大いに慌てた。

「や、やめてください。今は身分の違いなど関係なく、頭を下げるべきなのはこちらであって、お里沙さんではございません」

「では、明日も私が巡回するということでよろしいですか？」

里沙が顔を上げると、汐は他の女中と目を合わせたあと遠慮がちに頷いた。

「分かりました。よろしくお願い致します」

御火の番のもとを離れた二人は、明日の仕事に備えて少しでも眠っておくため足早に部屋へ戻った。

朝一番早い御末が起きるのは暁七ツ（午前四時）だが、部屋方も朝は早いため眠れるのは一刻（二時間）もないだろう。

部屋に入ると、里沙はちらりとうしろに目をやってから松の肩をぽんと叩く。

「すみませんお松さん、私は厠へ行きますので」

「あらそう。じゃあ私は行くけど、蒲団に横になるとあっという間に眠っちゃうから、お里沙が戻ってくる頃にはもう夢の中かもしれないよ」

「もちろん、お松さんは先に休んでください」

梯子を上った松を見届けた里沙は、そのまま北側から庭へ出た。そして、井戸付近で立ち止まり、振り返る。

「厠へは行かないのか」

「い、行きませんよ。少し話をしようと思い、皆から離れただけです」

羞恥を覚えて思わずうつむいた里沙は、忍び声でそう告げた。相手は当然、亡霊の佐之介だ。

「成仏については私も考えますが、先に子供の亡霊について調べなければなりません。ですので、佐之介さんのことについては」

「分かっている。お里沙を困らせるつもりはないゆえ、そちらの用件が済んだらということで無論構わない」

すぐにでも力になりたいとは思っているが、動ける身はひとつしかない。どうしても待たせてしまうことになるのだが、嫌な顔を微塵も見せずに素直に受け入れた佐之介を見て、里沙は首を傾げた。

というのも、里沙には佐之介の表情が綻んでいるように見えるため、それが不思議でならないからだ。僅かな記憶しかなく、自分の死因さえ分からないまま延々と彷徨い苦しんでいた亡霊とは思えないほど穏やかだ。

「あの、佐之介さんは、その……お寂しくはないのですか？」

「なぜだ」

「佐之介さんのお顔を見ていますと、なんだか嬉しそうに思えまして。あっ、すみません。失礼なことを申し上げました」

「いや、いいんだ。お里沙の言う通りだからな。つい先刻までは、喜びだけでなくあらゆる感情というものをどこかへ置き忘れてしまっていたのだが、今は違う」

秋の虫が低く優しげに鳴くように、佐之介は柔らかな口調で諭した。

「人と目が合い、話ができることがこんなにも嬉しいのだということを、思い出したのだ。だがそうだな、もしも明日、お里沙の目に俺が映らなくなったらと考えたら、何やら冷たい風が心の中に吹きつけたような気持ちになる」

一人でいることがあたり前だった佐之介にとって、これまで過ごしてきた長さよりも、自分を見つけて声を聞いてくれたほんの一瞬の出来事のほうが重要なのだと言った。

「そんなふうに思っていただけて、私も嬉しゅうございます」

まさか、この呪われた目が誰かを喜ばせることになるなど、里沙は露ほども思っていなかった。

間もなく消えゆく今宵の美しい月が、どちらからともなく微笑み合う二人を優しく照らしている。

話を終えた里沙は庭をあとにし、部屋の障子戸に手をかけた。だが、うしろにいる佐之介は去ろうとしない。

もしや、このまま中に入るのだろうか。

「あ、あの、私はこれから床に就きますので」

亡霊だとはいえ、男である佐之介に寝顔を見られるかと思うと、さすがに落ち着かない。

「あぁ、すまない。そんなつもりではなかったのだ。何しろ長らく人と話をしていなかったので、つい心が浮き立ってしまって」

鼻の頭を掻きながら照れくさそうに視線を下げた佐之介を見て、里沙の胸が勝手に高鳴った。

(な、なんと……)

このような含羞の色を頬に浮かべる男を、里沙は一度たりとも見たことがない。

厳格で冷たい父を見ていたからか、周りにいたのが横柄で傲慢な男ばかりだったからか、単に接点がほとんどなかったからなのか分からないが、里沙は男が苦手だと思っていた。けれどどうだろう、亡霊だからか、佐之介に対しては嫌悪感を抱くどころかなぜか親しみさえ湧いてくる。

もし佐之介が生きていれば、妖美な男がいると今頃江戸中の噂になっていたに違いない。

「お里沙、どうかしたのか」

「えっ？　あ、いえ、なんでもございません。では、少しの間休ませていただきます」

部屋の中へ入り、佐之介に向かって一礼してからそっと戸を閉めた。

足音を忍ばせながら梯子を上ると、二階では女中たちがぐっすりと眠りについていた。その中には、気持ちよさそうな寝息を立てている松の姿もある。

寝相の悪い松を見て薄く笑みを浮かべた里沙は、皆を起こさないよう静かに一番端の蒲団に横になった。

考えなければならないことはたくさんあるが、まずはそれらすべてを一度頭の片隅に置き、日の明るいうちは部屋方としてしっかり勤めなければ。

まだどうなるか先のことは想像できないけれど、やるべきことは山積みだ。徳川のためだけでなく、大奥で共に働く女中たちのため。そして、途方もない時を一人孤独に耐え続けた、死者のために……——。


夜の静けさから一転、大奥はいつも通り活気に満ちた朝を迎えていた。

朝日が昇るのを随分とのんびり感じられるようになり、空気の冷たさも日に日に増していく。そんな中、水汲みからはじまり朝食の支度や主人の世話などに追われている御末や部屋方は、朝からてんてこ舞いだ。

里沙は野村が着用する打掛を整えていて、その隣の縁側に近い部屋では、円鏡の前に座っている野村の髪を松が片外しに結っていた。

佐之介はというと、朝からずっと縁側に座っているのだが、里沙たちのいる部屋のほうを向いているため、里沙はそれが気になってしかたがなかった。

誰にも見えないと分かってはいても、何かの拍子にふと見えてしまったらと思うと気が気でないのだ。亡霊だろうが男は男。そんなことになれば、ひとたび大奥は大騒ぎになるだろう。

その心配に加え、気もそぞろになっている要因がもうひとつ。

(あとで佐之介さんに申し上げなければ……)

そう心に決め、里沙は佐之介から目を逸らした。

「昨夜は眠れたのか?」

ふいに野村から声をかけられ、里沙は手を止めて畳に正座をした。

「はっ、はい。随分と深く眠れたようです」

僅かな睡眠時間だったにもかかわらず、目覚めは思っていた以上によかった。

「奥入りしたばかりで、その上想定外の役目も担うことになったのだから当然じゃ。気づかないうちに疲労が溜まっていたのであろう」

野村の気遣いを受け、里沙は深く頭を下げる。

「それで、亡霊とやらはどうであった」

畳を見つめたまま、里沙の心臓が微かに動揺を示した。

「はい。巡回をいたしましたが、騒ぎとなっている亡霊は見当たりませんでした」

「騒ぎとなっている亡霊はと言うと、別の何かは見たということか」

　鋭すぎる野村の指摘に、里沙は無意識のうちに佐之介を頭に浮かべながら返事をしていたことに気づく。

「はい、それは……。別の、亡霊なら」

「見たの!?」

　そんな話は聞いていないとばかりに驚く松。

「これお松、大きな声を出すでない」

　野村にたしなめられ、松は肩をすくめた。

「件《くだん》の亡霊とは関係がないため、言えばかえって怖がらせてしまうと思ったので。申し訳ございません」

「亡霊如き恐れていては、御年寄など務まらん。構わぬ、申してみよ」

　野村に言われては話さないわけにはいかないが、実は怖がりだと言っていた松は大丈夫だろうか。ちらりと視線を送ると、松は里沙に向かって「構わない」と言わんばかりに無言で頷く。

「分かりました。では、申し上げます。昨夜長局を巡回していた際、西側の天守台付近のお庭に、女の亡霊が立っておりました。夜の底に紛れて現れたのか常にそこにいるのかは分かりませんが、近くにいた天守番にはもちろん見えていないようでした」

　里沙は佐之介のことではなく、最初に見た女の亡霊について話をした。

「ただそこに佇んでいただけなのか」

「はい。特にこちらに目を向けることもなく、立っておりました。亡霊ですから生気が感じられないのは当然なのですが、表情なくただそこに立っているだけの亡霊というのは、これまでも多く見てきましたので」

　髪を結い終えて話を聞いていた松は、「天守台……」と顎に手を当てながら呟いた。

「その亡霊、衣はどんな色柄だったか見えましたか？」

　野村の手前、松は普段よりも丁寧な口調で聞いてきた。今は肩の力を抜くのではなく、気を引き締める時なのだろう。

「衣、ですか」

　夜だったため鮮明ではなかったものの、里沙は頭の中で昨夜の光景を思い出していた。

「恐らく無地だったとは思いますが、色は断言できません。暗がりでしたので、夜の色に溶け込んでおりました」

「つまりそれは、闇の中では目立たない鈍色という可能性もあり得るということですね」

　鈍色とは、濃い鼠色のことだ。松が何を言いたいのか理解した里沙は、はっと目を開いた。

「御末、ということでしょうか」

奥女中の中で最下位の役職である御末のお仕着せは、鈍色の無地の木綿と決まっている。

「これお松、そなたは何がいいたいのじゃ」

野村が問うと、松はにやりと唇の両端を上げた。

「野村様、天守台付近でお里沙が見たという亡霊は、もしや例の御末では？」

(例の御末？)

里沙にはなんのことやら、ぼんやりとした顔で松を見据えた。

「そなたは本当に、そのような噂話が好きじゃな」

野村は呆れたように、けれどどこか楽しそうにも見える笑みを微かに浮かべた。

「ですが、野村様も実際にご覧になりましたよね。天守台で、しかも御末だとしたら、そうとしか考えられません」

「あ、あの……いったいなんのことをおっしゃっているのですか？」

話の流れがまったく読めない里沙は、つい我慢できずに口を挟んだ。

ちらりと縁側に目をやると、同じ亡霊のこととなるとやはり気になるのか、佐之介が若干前のめりになってこちらの話を聞いている。

「そっか、里沙は知らないわね。実は、数年前に……」

と、そこまで言い、松は話してもいいか許可を求める視線を野村に向けた。

「大奥でのことは一切外に漏らしてはならない。知っての通り大奥法度のひとつじゃが、ここは外ではない。それに、これだけ多くの女たちがいるのだ、噂話をするなというほうが無理な話であろう。好きにせい」

野村の許しが出たところで、松は詳細を里沙に話しはじめた。佐之介も興味深げに耳を傾けている。

「数年前の五月十五日のこと。御末のあらしという女中が、ある朝突然行方不明になってね――」

あらしがいないことに気づいた御末の面々だったが、すぐに戻るだろうと思い、深くは考えなかった。

だが昼になっても、日が傾いても、夜になってもとうとうあらしは戻らなかった。

翌日には表の役人へ届け、伊賀の者、添番《そえばん》衆などがやってきて長局の部屋や井戸、天井から縁の下まで、とにかく抜け目なく探したのだが、結局あらしは見つからなかった。

その後も捜索は続いたのだが、依然として行方知れずのまま三日が経過した、十八日の夜八ツ過ぎ。

天守番が天守台の見張りをしていたところ、気味の悪い潰れたようなしゃがれ声で、

「あらしはここに、ここに」

そう聞こえると同時に、頭上から突然死体が降ってきた。それがあらしだったという。

死体はかきむしられたように血まみれだったのだが、天守台から落ちたとしてもそのような状態にはなり得ない。

あらしは生前口癖のように「天守台に上がってみたい」と言っていたため、あやかしや天狗の仕業か、もしくは魔物に憑りつかれたのかもしれないと噂された。

「――というわけで、しばらく奥女中の間で憶測が飛び交って、色々と噂が囁かれていたのよ。だから、昨夜お里沙が見た亡霊というのは、そのあらしだったかもしれないわ」

話を終えた松は、化粧をしている野村の手伝いをはじめた。

聞いていた里沙はというと、眉間に皺を寄せて思いつめたように視線を落としている。

「なんとも、憐れでございますね」

何があったのかは分からないが、昨夜見た亡霊の姿を思い浮かべると胸が苦しくなり、そう呟かずにはいられない。

「あの時は皆、男たちさえ震え上がったものだが、お里沙は恐ろしいとは思わないのか」

野村に聞かれ、里沙はゆっくりと首を縦に振る。

「思いません。もしも私が見た亡霊が本当にそのあらしさんだとしたら、なんらかの事件に巻き込まれた上に成仏できないなんて、きっとおつらいはずですから」

「すでに死んでいる亡霊が、つらいなどと思うものなのか」

佐之介が特別感情豊かな亡霊なのか、亡霊すべてがそうなのかは分からないが、死んでしまったからといって心がないわけではない。そのことを里沙が知ったのは、つい昨夜のことだ。

「はい。私はそう思っております」

里沙は、変わらず縁側に座ってこちらを見ている佐之介を一瞥した。

事実、整った目を細めてどこか嬉しそうに里沙を見つめる亡霊が、そこにいるのだから。

「そうか。だが、その亡霊があらしであろうとなかろうと、此度の騒ぎとは関係ないのであろう」

「はい、おっしゃる通りでございます。つきましては、今夜もまた御火の番の巡回をしようと思っております。というよりも、泣き声の正体を見つけるまでは、このまま続けるつもりでございます」

「じゃが、それではお里沙の体がもたぬだろう」

「いえ、ご心配には及びません。ここの蒲団はとても柔らかくて寝心地がいいので、時間は短くとも深く眠れるのです」

奥入りする前、祖母が亡くなってからは季節問わずに薄い蒲団一枚だったため、暑さや寒さで朝まで眠れない日が幾度もあった。それに比べれば、大奥に用意されている暖かな蒲団で一刻でも眠れるほうがずっといい。

「そうか。亡霊が見えることを証明せよと言ったのは私ゆえ、そなたに任せるが、くれぐれも本来の役目を疎かにするでないぞ」

「はい、承知しました」


九ツ半。一緒に行くと言い張った松をなんとか説得した里沙は、予定通り御火の番の代理を務めるべく廊下へ出た。

やることは昨夜と同じだが、状況はだいぶ違う。今日は佐之介が里沙のうしろについて、共に歩いているからだ。

「その泣いている亡霊とやらは、いつ出るか分からないのか？」

「はい、そのようです」

「では、俺のようにふらふらと彷徨っている亡霊なのかもしれないな。となると、もう城にはいない可能性もあるが」

「そうですね。でもこれまで三日に一度は同じ場所から声が聞こえていたようなので、今日こそはいるかもしれません」

夜中に巡回することに恐怖心はないが、佐之介がいると思うと心強く、昨日よりも心なしか里沙の足取りは軽い。

「あの、すみません佐之介さん」

少し歩いたところで、里沙は遠慮がちに声をかけながらうしろを振り返る。

里沙には今朝からずっと気になっていたことがあるのだが、それを佐之介に告げるなら周囲に誰もいない今しかない。皆が活動している時間は亡霊に向かって話しかけるわけにはいかないので、少しだけ言いにくいことではあるのだが仕方ない。

「どうした、何か問題でも起こったのか」

「いえ、問題というわけではないのですが」

佐之介に悪気がないのは分かっているので、気遣うような瞳で見つめられると余計に言いにくい。

「あの、お願いがあるのですが」

「なんだ、なんでも言え。お里沙の頼みならどこへでも出向くし、どんなことでもする。遠慮はいらない」

そんなふうに真面目に返されると益々。けれど、言わなければ。

「も、申し訳ございません」

そう言って、里沙は頭を下げた。

もしもこの場に他の誰かがいたら、今の里沙の仕草は白い障子戸に向かって謝る変わった女中にしか見えないだろう。けれど、里沙の前には突然の謝罪を受けて目を見張っている佐之介が確かにいるのだ。

「なぜ謝る。お里沙に謝られるようなことは思い当たらないが、俺が気づいていないだけで、やはり何かあったのか⁉」

突然の謝罪に慌てふためく佐之介。

その涼しげな目元のせいか、黙っていると見る者によっては冷淡な人間に映るかもしれない。そんな男が平静を失い狼狽えている様子はなんともちぐはぐだけれど、なんとも人間らしい。

「いえ、そうではないのです。あの、私は大奥に勤める女中です」

「もちろんだ。分かっている」

「まずは部屋方としてしっかりとお仕えし、皆様のお役に立てる女中になりたいと思っています。ですから……」

意を決して顔を上げた里沙は、佐之介に視線を合わせた。

「日中、女中として勤めている間は……あ、あまり私のことを、じっと凝視するのはおやめくださいませ」

心苦しく思いながら、里沙はぎゅっと目を瞑って再び頭を下げた。言われたほうの佐之介は、首を傾けている。

「俺は、そんなにもそなたを見ていたか？」

「は、はい。見ておられました。顔を上げれば必ず目が合い、それはもう、穴が開いてしまうのではないかと思うほど見ておられました」

基本的に佐之介はずっと縁側に座っていたが、里沙が衣装を整えている時も、掃除や炊事を手伝っている時も、佐之介は常に里沙を見ていた。今朝からずっと、里沙はそれが気になって仕方なかったのだ。

亡霊とはいえ、眉目秀麗な男に四六時中見られていては仕事に集中できない。佐之介の視線を感じた途端、畳から足がふわりと浮くような感覚に陥ってしまうのだ。

こんなことで動揺するようでは、立派な女中になど到底なれない。それは分かっているのだけれど、訳も分からずなぜか勝手に心臓の鼓動が速まるので、里沙は困り果てていた。

「そうか、それはすまなかった。今度からはできるだけ見ないよう努める」

片や佐之介は、見ることがなぜそんなにもいけないのか理解できないようだが、里沙の申し出なら従う以外の選択肢はないと、それを受け入れた。

「それから、周囲に人がいる場合はこうして普通に話をすることはできませんので、それだけは分かってください」

「無論、承知している。俺が一方的に話すことはあるかもしれないが、お里沙は気にするな」

気にするな、と言われても気になるだろうな。そう思いつつも、ずっと一人きりだった佐之介にこれ以上制約をかけるのは心苦しい。

「分かりました。話しかけられても返事はできませんが。では、巡回を続けますね」

言いたいことを伝えられ、心のつかえが取れた里沙は、再び長局の長い廊下を歩き続ける。

途中、昨夜の女の亡霊が気になり天守台のほうも見たけれど、亡霊はいなかった。

亡霊というのはその場にずっと留まることもあれば、出たり消えたりもする。幼い頃から見える目を持つ里沙には、よく分かっていることだ。

「あそこは、いつからこのような形になったのだ」

佐之介の視線の先には、天守台がある。

「天守台にございますか？」

「あぁ。亡霊として目を覚まし、最初に城の中に足を踏み入れた時には今と同じ状態だったのだが、どうにも違和感が……」

腕を組んだ佐之介は、「うーん」と低く唸りながら必死に頭の中を探っているようだ。

「天守閣は明暦《めいれき》の大火で焼失して以来再建されず、以降は今の形を保っているようです。私も一度は天守閣をこの目で見てみたかったのですが」

天守閣が建っていたのは、里沙が生まれるずっと昔の話。四代将軍家綱《いえつな》公のもとへ、京の宮家より浅宮顕子《あさのみやあきこ》を正室として迎え入れる三月ほど前、火事が起こる明暦三年睦月までだった。

見たことのない天守閣に思いを馳せる女中は、里沙以外にもきっと多くいることだろう。

亡くなったあらしも、その一人だったのかもしれない。

「天守閣か……」

難しい顔をしながら尖った顎を撫でる佐之介。

「何か思い出せそうですか？」

「いや、違和感があるのは確かなのだが、思い出せない」

「そうですか」

少しずつ佐之介の記憶が戻る手伝いができればと思っていたけれど、その方法が分からない里沙は悄然としてうつむいた。

「なぜお里沙がそんな顔をするのだ。記憶など、所詮は過去のこと。死因くらいは知っておきたいが、こうしてお里沙と会話をしているうちに、ふと思い出すこともあるかもしれない。今はそれでじゅうぶんだ」

「では、私の役目は佐之介さんと言葉を交わすことですね。本来お喋りはあまり得意ではないのですが、それが佐之介さんの失った記憶に繋がるなら幾らでもお話しいたします」

胸の前で握った両手に力を込めた里沙は、真顔で佐之介を見上げた。

「そんなに構えなくとも、お里沙はその目で俺のことを見てくれるだけでよいのだ」

佐之介がふと柔らかい笑みをこぼすと、正体不明の何かが里沙の胸をじんと熱くした。

「承知、いたしました……」

はじめての感覚に戸惑いつつ、里沙は今やるべきことに頭を切り替え、再び歩き出した。

「お火の元、お火の元」

火の気がないかしっかりと確認しながら四の側と三の側を回り、所々軋む板の間をそっと踏み進め、出仕廊下に出た。

すると、漆黒の空から降り注ぐように、夜八ツの鐘が鳴り響く。

一度立ち止まった里沙はそこで耳を澄ますけれど、聞こえるのは鐘の残響と秋の虫が鳴らす綺麗な音色だけだ。

「やはり聞こえませんね。でも、必ずしもこの辺りだけにしか出ないとは限りませんから。もしかしたら別の場所に移動しているのかも」

珍しく駆け足のような口調になった里沙だが、どこかそうであってほしいという願望のようなものが焦燥感へと繋がっていた。

声が聞こえた場所はいつも出仕廊下の中央辺りだったと御火の番は言ったが、変わる可能性もじゅうぶんにある。

けれど、そんな里沙の思いも虚しく、この日も長局に子供の亡霊が現れることはなかった。

「明日には現れるかもしれないのだから、そう肩を落とすな」

佐之介に言われ、里沙ははじめて自分が落胆していることに気づいた。

「いえ、落ち込んでなどいません。そんな理由などありませんから。今宵も火の気はなかったので、よかったです」

心の奥底にある気持ちを無理やり押し込めるように、そう言って里沙は笑顔を見せた。

「ならいいが、今のお里沙の笑顔は明らかに不自然だぞ」

「えっ？」

あまりにも正直な物言いに、里沙は返す言葉が見つからない。

「白い頬は引きつり、ここに皺が寄っている」

佐之介は自分の人差し指を里沙の眉間に当てた。

実際に指が当たることはないのだが、その瞬間、なぜか眉間が僅かに熱を持ったように感じた。

「さっきも言ったが、お里沙に何か困り事があればどんなことでもする。此度の亡霊の件も、俺にできることがあればなんでも言ってくれて構わないから、そのように思い詰めるな」

「佐之介さん……」

「また明日も調査を続けるのであろう」

「そうですね、焦る必要などありませんよね。明日にはきっと、亡霊の正体を突き止められる気がいたします」

だが、自分を鼓舞するように言った里沙の言葉は、現実のものとはならなかった。

日中は部屋方としての仕事をこなし、夜になると御火の番として夜八ツに長局を巡回する。それを繰り返すこと五日間、泣いている亡霊が姿を現すことは一度もなかった。

そして、亡霊の調査をはじめてから七日目の夜。

他の者がそろそろ眠りにつこうと二階へ上がった頃、里沙は一階の八畳間で松と向き合っていた。

「いい？　今日こそ寝てもらうからね」

いつものあっけらかんとした態度とは打って変わって、松は険しい顔つきで里沙に言い聞かせている。

「ですが、私は本当に大丈夫なので、行かせていただけないでしょうか」

「いいえ、駄目よ。諦めたくないとはいえ、まさかこんなにも続けて御火の番の代わりをするとは思ってなかったから。局として命じます。御火の番の代わりはもう終わり。夜の巡回は禁じます。今夜は朝までぐっすり眠ること、いいわね」

里沙が御火の番として動いていたのは夜八ツ前後の一刻（二時間）ほどだが、日に日に増す焦りも相俟《あいま》って、ここのところまともに睡眠時間がとれていなかった。

そんな里沙を心配した松が、御火の番の代わりを止めてしっかり眠るよう説いていた。

「俺も、お里沙の体が心配だ」

　里沙の身を案じているのは、少し離れた場所から二人のやり取りを見ている佐之介も同じ。

「自分の体のことは自分が一番よく分かっております。だから、今日こそはきっと――」

「お里沙、いい加減になさい」

　食い下がる里沙に対し、松は初めて声を荒らげた。

「そなたが御火の番のことを思って動いているというのは、じゅうぶん分かってる。でも、そんなふうに思い詰めて、どうにかしなければと焦って寝ずに頑張ったところで、お汐さんたちは亡霊の件だけでなく、お里沙の体まで心配しなければならなくなるのよ。それでは本末転倒でしょ」

　優しい口吻で語りかける松の言葉に、里沙は膝にのせている己の拳を握り、きゅっと唇を噛んだ。

「最初から言ってるじゃない。役に立ちたいというお里沙の気持ちは分かるけれど、もう少し肩の力を抜かないと」

　そう言って、松は里沙の両肩にぽんと手を置いた。

「私などの体を気遣ってくださり、そのお気持ちは本当にありがたく思っております。ですが、もう一度だけ行かせてもらえないでしょうか」

「お里沙、まだそんなことを」

「お願いします。もしも今日現れなかったら、その時はお松さんの言う通りにいたしますので」

里沙が両手をついて頭を下げると、松はどうしたものかと考えあぐねる。

「お役に立ちたいという思いはもちろんですが、それだけではないのです」

額突いたまま、里沙は声を震わせた。

「泣いていたのが子供の声だったと聞いた時から、私は御火の番の皆さんだけでなく、その亡霊のこともどうにか救ってやれないかと考えておりました」

「亡霊も？」

「はい。私は、小さい頃からこの目で様々な亡霊を見てきました」

中には自分と同じくらいの子供もいて、とても悲しげに泣いている子供の亡霊を見かけては、胸が締めつけられる思いに駆られていた。なぜなら、泣いている子供が親に愛されなかった自分と重なってしまうから。

「もしかすると、成仏できない子供が今もどこかで泣いているかもしれない。そう思うだけで、私は心がえぐられたように痛くなるのです」

どんな理由で亡くなったのかは分からないけれど、死んでまで泣かなければいけないなど、つらすぎる。

どこまでできるのかは分からないが、真っ暗な狭い家の中で名前を呼ばれることもなく一生を終えると思っていた自分が、この広い世界に出られたことには何かしらの意味がある。里沙はそう思いたかった。

「このままでは、休めと言われても眠ることなどできません」

必死にそう訴えると、小さなため息を漏らした松は、首を垂れている里沙の背中に手を置いた。

「分かったから、頭を上げなさい」

徐に顔を上げると、そこには微笑んでいるいつもの松がいた。

「まったく。大人しい子だと思っていたけど、お里沙は案外頑固なんだね」

「そう……でしょうか」

大きな愛らしい目を松に向け、里沙は首を傾げた。

「そうよ。だけど私はその頑固さ、嫌いじゃないけどね」

「お松さん」

「今日だけは許可するけど、現れなかったら、その時は一度御火の番の件からは手を引くこと。もし今後また亡霊騒ぎが起こったら、その時はその時で考えればいいじゃない」

「承知いたしました。ありがとうございます」

松の了承を得た里沙は、ぱっと見開いた目を僅かに潤ませた。

「ちょっと、そんな猫みたいな可愛い目で見ないでよ。あ〜あ、私ってば、どうしてこう新人には弱いのかしら。あっ、でもずっとお里沙を一人で行かせるのは心苦しいし、寂しいだろうから誰か同行したほうがいいわね。私が行ってもいいんだけど」

一気にそこまで言って頭を捻る松を前に、里沙は部屋の隅で壁に寄りかかっている佐之介にふと視線を向けた。急に里沙から視線を投げられた佐之介は、慌てて壁から背中を離す。

まだ会ったばかりで、しかも亡霊が見えるなどという得体の知れない者のことを、ここまで心配してくれる人などきっと他にいない。

これまで里沙には友と呼べる存在はいなかったけれど、もし大奥ではなく別の場所で松と出会っていたら、あるいは友になれていたかもしれない。

「あの、お松さん」

そんな思いを胸に、松にならと、里沙は口を開いた。

「実は、私が大奥で見た亡霊は、天守台に立っていた女だけではないんです」

「他にもいたってこと？」

「はい。その殿方は少なくとも十年以上、恐らくもっと長く、成仏できずにいます。その上記憶が欠けていて、自分がなぜ死んだのか思い出せないという、憐れな亡霊です」

「そう、それは気の毒ね……って、えっ、待って、今殿方って言わなかった⁉」

驚いた松は思わず腰を上げ、里沙に詰め寄った。

「はい。申し上げました。私が見たもう一人の亡霊は、佐之介さんという殿方です」

平然と言い切った里沙とは対照的に、松はあたふたと辺りを見回す。

「男がこの場にいるなんて、ここは男子禁制なのよ！　いったいどこから入ってきたの」

周囲の者に聞こえないよう、小声で見えない相手を咎める松。

「あの、お松さん、落ち着いてください。相手は亡霊ですよ。すでにお亡くなりになられている方です」

里沙が冷静にそう声をかけると、「はっ」と我に返った松は、その場にもう一度座った。

「そ、そうね、そうだったわ。亡霊なら誰にも見えないのよね。でもちょっと待って、亡霊だということを利用して、何か悪事を働こうと企てているわけじゃないわよね」

松は見えない相手に向かって目を細めた。

「武士がそんな卑怯なまねをするわけがない」

「そんな卑怯なことはしないと言っています」

佐之介の言葉を伝えるが、それでも訝しんでいる松に、里沙は続けて言った。

「佐之介さんは、ずっと御火の番の巡回に付き添ってくれているのです。うしろをついて来てくださるので、寂しくはありません。それに、私が探しているのは亡霊です。もしかすると、亡霊同士のほうが意思疎通ができるかもしれませんから」

里沙がそう言うと、松はようやく眉間の皺を戻して小さく頷いた。

「確かに。探している亡霊が万が一危険なものだったとしても、人間には手出しできないものね」

「はい。ですから、今宵も私はここにいる佐之介さんと共に巡回しますので、一人ではありません」

そう言われても気になるのか、松はじっと黙ったまま一点を見つめている。

「佐之介さんと言ったかしら」

着物の裾を整えながら松がふいに立ち上がった。

「そうだ」

「そうだ。と申しております」

佐之介の言葉を里沙が伝達すると、松はきりっとした目尻を吊り上げた。

「いいですか。どこのどなたか存じませんが、お里沙を絶対に傷つけないこと。いざという時は必ず守る。それを約束してくださいますか」

人差し指をぴんと立てながら、松は恐らく佐之介に対して言ったのだろう。けれど佐之介は今、松のうしろに立っている。

「あ、あの、お松さん。佐之介さんは、うしろに……」

言いにくそうに里沙が告げると、松の耳が一瞬で赤く染まった。

くるりと振り返り、腕を組みながら佐之介に向かって頬を膨らませた松。松も上背のあるほうなのだが、それよりも高い位置にある佐之介とは目線がまったく合っていないけれど、一応二人は向き合っている。

「な、何よ。こっちにいるならそう言いなさいよ」

「言ったとしても、そなたには聞こえぬだろ」

冷静に返す佐之介が可笑しくて、里沙は思わずフフッと笑みをこぼしたが、さすがにこの言葉まで伝えたら松が怒りそうなので、口を噤む。

「さっきそなたが申したこと、承知した。もとより俺は、そのつもりだがな」

「お松さん、佐之介さんが承知したと言っておられます」

「そう、ならいいけど。というか、お里沙には見えているのよね？」

「はい、見えております」

「それなら似顔絵を描いてくれない？　私、人を見る目はあるからね、悪党かどうかは顔を見ればだいたい分かるの」

「うまく描けるかどうかは分かりませんが、やってみます」

松にそう言われた里沙は、部屋の隅にある文机の前に座り、筆を執った。行燈の灯りが手元を照らす中、紙の上にのせた筆を流れるように動かす。

その間、松と佐之介は里沙のうしろに控える。

「――……できました」

里沙が文を書く時は、いつもじっくりゆっくり時間をかけるのだが、似顔絵は案外あっという間に描き終わることができて自分でも驚いている。しかもなかなかの自信作になったと、里沙は似顔絵を見ながら満足げに頷く。

「こんな感じで、どうでしょうか」

うしろを振り返り、そこに並んで座っている松と亡霊の佐之介に向かって、描いたばかりの似顔絵を開いて見せた。

けれど、なぜか松も佐之介も似顔絵をじっと見つめたまま何も言わない。顔はまったく違う二人が、同じように目を白黒させているだけだ。

「あ、あの～、お二人とも、どうかなさったのですか？」

すると、さっきまで佐之介に対して不信感を持っていたはずの松が、ふいに隣を向いた。

「ここに、佐之介はいるの？」

そう聞かれ、里沙は佐之介の代わりに「はい」と答えた。松には見えていないが、里沙の目には松と佐之介がしっかりと顔を突き合わせているのが見えている。

松が佐之介に向かって軽く頷くと、佐之介も同じように頷いた。里沙には二人がなんの合図を交わしているのか分からず、首を傾げる。

「なんていうか、その……斬新で、独特な筆づかいがとても素晴らしいと思うけど。ほら、私は絵に疎いからうまく言えないんだけど。ね、ねぇ、佐之介さんはどうお思いになられます？」

変な言葉づかいで、珍しく歯切れが悪い松のことを里沙が不思議に思っていると、松に話を振られた佐之介は若干困惑した表情を見せた。

「そ、そうだな、このような絵は見たことがないが。い、いや、違うんだお里沙。別にそなたの絵が奇妙だと言っているわけではないぞ。そうだ、俺が記憶をなくしているから正しい目利きができないのかもしれない。きっとそうに違いない」

佐之介が何をそんなに焦っているのか分からなかったが、里沙はきょとんとしたまま佐之介の似顔絵をひとまず松に手渡した。

「もしかしたら、本当にこの顔ってこともあり得るけど……」

顎に手を当てながら、松は独りごちる。

「お松さん、何か言いましたか？」

「ううん、なんでもない」

里沙に向かって笑顔でそう答えた松の手には、似顔絵が握られている。

「まぁ、この絵を見る限り、佐之介は悪い奴ではなさそうね（多分……）。ひとまずお里沙は時間まで仮眠を取りなさい」

似顔絵が描かれた紙を文机の上に置いた松は、二階に上がって早く休むよう里沙を促した。

「佐之介はそこで大人しくしていなさいよ」

松が誰もいない柱に向かってビシッと指を差すと、少し離れたところにいる佐之介が「分かっている」と、頰を若干緩ませながら応えた。

二人が二階へ姿を消したあと、佐之介は文机の上にある似顔絵を見つめた。目の位置がおかしいし、髪型も随分散らかっていて、佐之介とは似ても似つかない。なんらかのあやかしを描いたと言われたほうが納得できるほど奇妙な絵だが、それを見つめる佐之介の目は、なんだかとても嬉しそうで、優しかった。

閑話　松の決意

『私は、決して孤独ではありませんでした……――』

廊下に出て障子戸を閉めた松《まつ》は、導かれるように顔を上げた。

青空の上には刷毛で描いたような薄雲が広がっているだけなのに、今でも時々こうして、あの時の答えを求めて空を仰いでしまう。

(では、なぜ……)

心に浮かべた言葉を呑み込む代わりに、松は小さなため息をこぼした。

庭に見える花紅葉はまだ鮮やかさを保っていて、吹く風は少し冷たいけれど秋らしく、過ごしやすい気候だというのに、その表情は珍しく曇っていた。

原因は分かっている。つい今しがた野村《のむら》に言われた言葉により、心が僅かに乱れたからだ――。

「あの、もう一度よろしいでしょうか」

松は解き櫛を持っている手を止め、野村に聞き返した。

「お豊《とよ》の姪を、新たに部屋方として雇うことになったと言うておるのじゃ」

「新しく、部屋方に……」

同じことを繰り返すように呟いた松は、ひとまず野村の髪を綺麗に結い上げてから正面に座り直す。

松が野村の部屋方として奥入りしてから十三年。正式な奥女中に昇進する他、家庭の事情や縁談が決まったなどの理由で入れ替わりは多少あったものの、ここ五年ほど部屋方の顔触れは変わっていない。それはひとえに、部屋の主《あるじ》である野村の人柄ゆえだろう。

部屋方は正式な奥女中ではなくただの使用人で、雑用係と言われる女中だ。けれど野村は、そんな部屋方一人一人に対する思いやりを忘れず、なくてはならない存在として尊重してくれる。奥女中を束ねる立場の御年寄だけあって当然厳しさはあるのだが、厳格でありながらも働きに対してはきちんと労ってくれるような人だ。

他の部屋では時折見られる虐めのようなことも、この部屋には一切ない。少なくとも松が野村の部屋方となってからの十三年間は、一度もそのようなことはなかった。

松が奥女中ではなく野村の部屋方としてい続けるのは、部屋の主が野村だということも大きな理由のひとつと言える。

「それは、お豊様の姪御さんだから迎え入れる、ということですか？」

そんな野村の部屋方については、これまで入れ替わりはあっても人員を増やすことはなかった。そのため、誰も暇をとっていないのに新人が入るのは珍しい。

「嫌なのか」

「いえ、とんでもございません。ただ、増えるのは久し振りだなと思いまして」

どこか含みのある言い方をする松を、野村は見据えた。

「お豊の姪というのが、何やら事情を抱えておるようでな」

「事情、ですか？」

「そうじゃ。お豊の話によると、幼い頃から家族に虐げられてきたとか」

「えっ……」

驚きを隠せない松は、顔をしかめて嫌悪感を露わにする。

「お豊はこれまで、姪に文を送ることくらいしかできなかったそうだが、奥入りさせてやりたいと私に頭を下げてきたのじゃ」

御右筆としての信頼と地位を着々と築いてきた今だからこそ、豊は自分に直談判をしてきたのだろうと野村は言う。

豊の姪は普通の人とは少し違う部分があるせいで「呪われた娘」だと言われ続け、愛されることなく家族からは奴隷のように扱われ、蔑ろにされてきた。そのことを野村の口から聞かされた松の心は、激しく揺れ動いた。

「お豊なりに、苦しんでいる姪を救う方法をずっと考えておったのかもしれんな」

「酷い話です」

野村の話を聞いていた松は、沸々と湧き上がる感情をなんとか抑えようとしていた。

(家族に虐げられるなど、なぜそのようなことがまた……)

だが、かつての朋輩の顔が脳裏を過った瞬間、松は堰を切ったように声を上げた。

「人と違う部分など、誰にでもあることではないですか！」

相手が野村であるにもかかわらず、松は頭を下げるどころか、勢いを増す感情を止めることができなかった。

「普通というのは、いったい何を指して言うのでしょうか！　私だって、寝相の悪さなら他の女中と比べものにならないほど酷いし、普通ではありません！　足の指も他の者と違って随分長いですし、それに、生まれつき左目の視力も弱いのです」

言い放った直後、松はハッと我に返り、両手をついて頭を下げた。

「も、申し訳ございません。そのつい……」

「そなたが何を考えているのか、分からぬわけではない。じゃが、今そなたが怒ったとて仕方がなかろう」

「はい。おっしゃる通りでございます」

今この瞬間、家族に虐げられているという豊の姪のもとへ、すぐに駆けつけられるわけではない。ましてや、こうして野村に向かって自分の考えを声高に主張したところで、豊の姪が受けた傷をなかったことにはしてやれないのだ。

それに、城へ上がることが決まっているのなら、少なくともその娘は家族のもとから離れられるということ。むしろ良い転機を迎えたのだと喜ぶべきだったのに、私情にとらわれ感情的になってしまった。

自省の念に駆られている松を見つめながら、その心を透かし見るように野村が続けた。

「じゃが、そんな環境の中でも、お豊の姪には支えてくれる者がおったそうじゃ」

「それはつまり、お豊様の姪御さんは、孤独ではなかったということですか？」

野村が頷くと、安堵した松は無意識に硬くなっていた表情を和らげ、顔を上げる。

「その者が部屋方となった際は、そなたに面倒を見てもらうことになる。じゃが、無理だと言うのなら、別の奥女中の部屋方になれるよう話をつけることも可能じゃが」

「お気遣いいただきありがとう存じます。ですが、その必要はございません。野村様がお決めになったことであれば、私は部屋方の局として精一杯努めるだけでございます」

松が再び頭を下げると、落ち着き払ったいつもの野村の表情の中に、慈顔が見えた。だが、それもほんの束の間。

「……して、昨日話しておった御中臈《おちゅうろう》のことじゃが」

野村の声色が切り替わったことに気づき、松は即座に背筋を伸ばした。

二人の空気がいつもの主と部屋方の関係に戻ったところで、松が言葉を返す。

「はい。飼い猫を亡くされた御中臈のお登紀の方様ですね」

「そうじゃ。お登紀《とき》の方様に、これを届けてくれるか」

松は野村から香典と菓子を受け取った。

「悲嘆されておるじゃろうから、そなたが行って慰めて差し上げなさい」

特に親しい相手でなくとも、思いやりの気持ちは忘れない。松が野村に敬愛の念を持っているのは、こういうところだ。

野村のことをよく知らない者は、傲慢で権威を振りかざしているなどと噂をすることもあるが、実際は違うということを、野村の部屋方は皆知っている。

「かしこまりました。すぐに届けてまいります」


――そうして部屋を出た松だったが、やはりすぐに平常心に戻るのは難しく、その表情には若干の陰りが残っている。

「ふぅ……」

しかし、いつまでも引きずってはいられない。心を落ち着かせるように息を吐いたあと、松は女中たちが忙しなく往来する廊下を進んだ。

二の側にある部屋の前まで来ると、松は膝をつき、中に向けて声をかける。

すると、開いた部屋の戸から部屋方の女中が顔を出した。

「野村様より、お登紀の方様への届け物をお持ちいたしました。松と申します」

しばし待ってから中へ通されると、応接間には白装束に身を包んだお登紀の方が座していた。

飼い猫を亡くしたことがやはり大きいのか、三月ほど前に見かけた時よりも少し頬がこけており、随分と顔色が悪い。とはいえ側室となっただけあって、透き通った白い肌とすっきりとした目元はとても美しい。

「お松、久し振りですね。元気そうで何よりです」

野村の部屋方を務めていると、野村の使いで他の奥女中のもとへ出向くことも多い。松が奥入りした翌年に御中臈となったお登紀の方とも、これまで何度か話をしたことがあった。

「お登紀の方様、お久し振りでございます」

松が頭を下げると、お登紀の方は沈痛な面持ちのまま軽く頷いた。

「このような姿で申し訳ない」

「いえ、とんでもございません。此度は大切な白雪《しらゆき》様を亡くされたとお聞きし、野村様からの贈り物を届けに参りました」

「そうか、野村様がわざわざ。そなたも、幾度か白雪に会いに来てくれたことがあったな」

「はい。白雪様は美しい白い毛並みがとても印象的で、人懐っこく可愛らしゅうございました」

「ありがとう。七年前、私が御台様から白雪を譲り受けた時のことは今でもよく覚えています。本当に可愛くて……」

大奥では犬や猫や鳥などの小動物を飼う奥女中が多く、それらは閉鎖された大奥の中で暮らす女中たちの心を癒す存在となっている。お登紀の方も、その一人だった。

お登紀の方は十八歳で上様の御手付きとなった御中臈だが、御子に恵まれることはなく、間もなく三十歳を迎える。

「御台様から白雪をいただいた時は、御子がいない側室が御台様と縁続きとなるために我儘を言って猫を欲しがった。などと言う者もおったけれど、私はそんなことのために白雪を譲り受けたのではないのです」

お登紀の方は、将軍生母になるなどの大きな野望は抱いていなかったものの、やはり御子は欲しいと願っていた。

だが側室となってから一年が過ぎると、すっかり上様からの声はかからなくなった。そして二年、三年と過ぎた頃、どれだけ待ってもこの先もう二度と声がかかることはないと悟ったのだと、お登紀の方は言った。

「そんな時に御台様のお猫様が子を産み、その中の一匹、白雪が私のもとへやってきたのです」

静かに微笑むお登紀の方の表情には、やはり悲しみの色が見える。

「私にとって、白雪は本当に自分の子のような存在でした」

縁側から見える空にふと目をやりながら、お登紀の方は続けた。

「〝汚れた方〟などと呼ばれ、どれだけ肩身の狭い思いをしながら暮らしていようと、白雪がいてくれるだけで幸せでした。私は、部屋方と白雪と共に慎ましく暮らすだけでよかったのです」

それなのに、大切な白雪を亡くしてしまったお登紀の方の悲しみは計り知れない。

「あと一月で三十路《みそじ》になれば、ほんの小さな欠片の如く残されていた希望すら消え失せてしまいます。白雪もいない今、そのあとはどう生きていけばよいのか……」

奥女中は三十歳になると、たとえ上様から声がかかったとしても御褥断《おしとねことわ》りを申し出なければならない。つまり御手付きの側室は、三十歳を過ぎたら御子を産むという望みも叶わぬまま一生を大奥で過ごさなければならないのだ。

「お登紀の方様……」

「たかが猫一匹で何を言っておるのかと思うかもしれないが、白雪は自分の命より大切な猫だったのです」

「そのようなこと、思うわけがございません。猫であろうと、命があるのは人と同じ。ゆえに、亡くなれば悲しまれるのは当然です」

お登紀の方だけでなく、自分の飼っている動物を家族同然として慈しんでいる女中は少なくない。

特に家斉公には御子のいない側室が多く、四十人以上はいると噂されているため、お登紀の方と同じように動物を心の拠り所としている者は他にもいるだろう。

簡単に宿下がりもできず、規則にのっとって決められた役目をこなすだけの孤独な毎日の中、大切にしていた猫が亡くなったことで嘆き悲しむお登紀の方を、誰が責めることなどできようか。

「こうしていつまでも泣いていても、白雪が心配するだけだと分かっているのですが、駄目なのです。忘れよう、前を向こうと思っても、ふとした時に思い出して涙が出てしまう」

そう言って、お登紀の方の白い頬を、一筋の涙が伝った。

「もう一度だけでいいから、白雪に会いたいのです。叶わぬと分かっているけれど、もう一度抱きしめて、愛していると伝えたかった」

女中が懐紙を差し出すと、お登紀の方は涙をそっと拭った。

「お登紀の方様のお気持ち、私にもよく分かります」

「そうか。そなたもそうであったな」

「私も、もう一度会えたらと、今でも思います」

けれどそれは不可能。残された者は、伝えられなかった想いをずっと胸の奥に閉じ込めたまま、この先も生きなければならない。

松は再びこみ上げてきた悲しみに蓋をし、柔らかな笑みを浮かべた。

「白雪様はきっと、お登紀の方様と一緒にいられて、幸せだったに違いありません」

「そうだといいのですが。なぜ生きている時に、もっと大切だと言わなかったのでしょうね。もっとたくさん、抱きしめてあげればよかった」

「きっと、生きているからなのではないでしょうか。いなくなることなど、生きている時には考えもしませんから」

松の言葉に、お登紀の方は憂いに沈んだ瞳を向けた。

猫であろうと人であろうと、大切なものが明日いなくなるかもしれないなどと考えることは、ほとんどない。

言葉にすることの大切さに気づくのは、決まって失ったあとなのだ。

「お登紀の方様、よろしければこちらを召し上がりください。江戸で話題の白餡の饅頭だそうです」

先に毒見をした女中が、饅頭をお登紀の方に差し出した。

「ありがとう。よかったらそなたもどうです。一人で食べていても、寂しいだけですから」

お登紀の方の言葉に従い、松も饅頭をひとつ手に取った。

食べてくれるか不安だったが、お登紀の方は小さな口を開いてゆっくりと饅頭をひと口かじった。

「滑らかで、ほどよい甘さの白餡がとても食べやすいです」

野村が松に菓子を持たせたのは、白雪を亡くしてからお登紀の方の食欲がないということを御膳所の女中から聞いていたからだ。そしてお登紀の方が甘いものを好んでいるということも、野村は把握していた。

「本当ですね。粒餡もこし餡も好きですが、私は白餡も大好物でございます」

そう言って、饅頭をふた口で食べ終えた松を見て、お登紀の方はふっと唇を綻ばせた。

「それでは結局、全部好きということではないですか」

「あっ、それもそうでございますね。私は甘いものなら全部好きでした」

ほんの一瞬ではあったけれど、お登紀の方の笑顔が見られて、松は心底安堵した。

「そういえば、野村様は動物を飼ってはいないのですか？」

「はい。野村様は昔から飼おうとはなさりません」

部屋に猫や犬がいたらいいなと密かに思っていた松は、ある日、野村に聞いたことがあった。

『野村様は、動物はお好きではないのですか？』

『なぜじゃ』

『最近は動物を飼っている御年寄様も多いようで、高岳《たかおか》様も先日犬を飼い始めたそうですよ』

飼いたいと野村が言ってくれたら、すぐにでも譲ってもらえる子猫はいないか探しに行こうと松は思っていた。

だがそんな松の期待とは裏腹に、野村は表情を変えずに首を横に振った。

『私にそんな暇はない』

『……そ、それもそうでございますね』

どんな言葉よりも説得力のあるひと言に、松はそれ以上何も言えずに黙り込む。

無論、他の女中が暇だと言っているわけではなく、時に表の役人とも渡り合わなければならない野村には、多くの責任が伴う。動物を飼いたくないというわけではないだろうが、きちんと世話をしてやれる時間も、かまってやれるほどの余裕もないのだ。

「そんなわけで、野村様の心を癒すのは動物ではなく、我々部屋方の役目なのです」

「なるほど、野村様らしいですね」

「けれど、厳しい野村様がどんなふうに動物を愛でるのか、一度くらいは見てみたいものです」

「確かに、それもそうですね」

松の言葉に、お登紀の方は口元に手を当てて微笑んだ。

野村だけでなく、孤独に苛まれている奥女中全員を笑顔にすること。それができたらどんなにいいかと松は常に思っていた。だから、お登紀の方から自然と笑みがこぼれたことが、松は何より嬉しいのだ。

「ここのところ塞ぎこんでばかりだったから、こうしてお松と話ができてよかったです」

「私も、お登紀の方様のお顔を拝見できてよかったです。饅頭も食べてくださって、ありがとうございます」

顔を上げた松は、真剣な顔つきでお登紀の方と向かい合う。

「いつでも駆けつけますので、お登紀の方様がお寂しいと感じた時は、どうぞこの松をお呼びくださいませ。私にはなんの芸もございませんが、お喋りだけは得意なのです」

その言葉の中にある松の真意を悟ったお登紀の方は、再び静かな笑みを浮かべた。

「心配しなくても、私は生きますよ。つらいことに変わりはないけれど、誰かを悲しませてまで楽になろうとは思いません」

「お登紀の方様……」

「でも、たまには甘いものを持って遊びに来てくださいね。元気なそなたを見ていると、こちらまで何やら心が晴れるゆえ」

白雪のような真っ白な肌に浮かぶその優しい微笑みに、松は涙を堪えるように頭を下げた。

「勿体ないお言葉でございます」

それから他愛のない話を続けて四半刻ほど経った頃、松はお登紀の方の部屋をあとにした。

間もなく昼四ツ半、御膳所や各部屋の台所は昼食の支度に追われている時刻だ。

どこからか漂う出汁のいい香りを嗅ぎながら歩いていると、正面に大きな風呂敷包みを抱えている御末を見つけた。

急ぎ足で近づいた松は御末の横に並び、何も言わずに風呂敷包みを支えるように持ち上げる。すると、急に荷物が軽くなったことに驚いた御末は立ち止まり、目を丸くした。

「お松さん？」

「夕霧《ゆうぎり》さんでしたか。随分と重そうな荷物でしたので、つい手が出ちゃいました」

「すみません、ありがとうございます。呉服の間に運ぶよう頼まれたんですが、これがなかなか重くて」

「お手伝いします」

大きな風呂敷包みを夕霧と共に二人で抱え、一の側の西側まで来ると、そこで松は足を止めた。この先は御殿向となるため、部屋方が勝手に足を踏み入れることはできない。

「すみません、ここまでになってしまいますが」

「いえ、他の者は手が空いていなかったので、お松さんが手伝ってくれてとっても助かりました」

「力になれてよかったです。ところで夕霧さん、朝顔《あさがお》さんはその後どうですか？」

朝顔というのも、御末の一人だ。二月ほど前に酷く暗い顔をしている朝顔を見かけ、松が声をかけたところ、母親を亡くしたのだと話してくれた。

それから朝顔のことはずっと気になっていたが、これまで会えずじまいだった。

「朝顔さんは暇をもらって実家に帰っていたのですが、つい十日前に戻ってきて、今は以前と変わらず働いております」

「落ち込んでいたり、何か変わった様子も見られないですか？」

「えぇ。私たちも心配していたんですが、『弟や妹のために母の分まで働くのだ』と、何やら以前にも増して奮起しております」

「そうですか、それならよかったです。朝顔さんにもよろしくお伝えください」

松は呉服の間へ向かった夕霧を見届けたあと、部屋に戻るべくそのまま一の側の廊下を歩いた。

「お松さん」

途中、うしろから声をかけられ振り返ると、御仲居の鯛《たい》が桶を持って立っていた。

ちなみに御仲居の名前は魚などから取ることが多く、御末は源氏物語から取ることが大奥のしきたりとなっている。

「お鯛さん」

「この前お松さんからいただいた落雁、とっても美味しかったですよ。皆も喜んでいました。すぐにお礼に伺いたかったのですが、忙しくてなかなか」

「いえ、私も野村様から余りものをいただいただけなので、お気になさらず。それに、御膳所の方々にはいつもお裾分けをいただいてますので、お互い様です」

互いに礼を告げてから鯛と別れ、再び足を進めると、今度は廊下の先から部屋方が歩いてくるのが見えた。部屋方といっても野村に仕えている朋輩ではなく、別の御年寄付きの女中だ。

そしてこの女中は、なぜか事あるごとに松に対して嫌味を言ってくるので、少々厄介なのだが……。

「あら、お松さん。部屋方なのに今日も素敵なお召し物ですこと」

野村の部屋方の衣装は皆揃いのお仕着せなのだが、長く野村に仕えている局の松だけは別の小袖を着用している。それは気に入られているからというわけではなく、皆をまとめる局としての威厳を保つため、野村が与えたのだ。

「ありがとう存じます」

『部屋方なのに』というのは嫌味だと気づいていたが、松は気にせず笑顔で応える。

恐らく、御年寄の部屋方で局という同じ立場にもかかわらず、衣装の違いが目に見えて分かるので、悔しいのだろう。

「その色、お松さんに本当によくお似合いですこと」

松が着ているのは、上品でしとやかな色として人気の薄浅葱の小袖だ。つまり、この発言もまた明朗快活な松に対しての皮肉だろう。

けれど、顎を上げて見下ろすように言い放たれたところで、松にとっては痛くも痒くもない。

「まぁ、そんなふうにおっしゃっていただき、嬉しいです」

またも笑顔で返されたことが癪に障ったのか、女中はキッと眉をつり上げて松を睨み、鼻息荒く去って行った。

ここ大奥で働く女中は皆、大なり小なり悩みや不安、何かしらの思いを抱えて生きている。だからきっと、松に対抗心を燃やしてくる彼女の心の中にも、何かが潜んでいるのだろう。

(私に嫌味を言うことで日ごろの鬱憤を晴らせるのなら、どうぞなんでもおっしゃってください。そんなことで、心が折れるような松ではありません)

部屋の前まで来た松は、そんなふうに思いながら障子戸に手をかけた。

すると、大奥を包む喧騒の中に自分を呼ぶ清《す》み声が聞こえたような気がして、はたと振り返って空を仰ぐ。

目に映ったのは、蒼天の中で輝く陽光。そこに、かつての友の微笑みが重なる。

「私は、私にできることをやるだけ。そうよね、――。」

松は決意を言葉にし、空に向かって微笑み返した。


それから一月後、松はどこか緊張した面持ちで部屋の中をぐるぐると歩き回っていた。

「これお松、少し落ち着きなさい」

「は、はい。すみません」

野村に窘められた松は大きく息を吸い、ようやく野村の傍らに腰を落とす。

しばらくすると、障子戸の外から声が聞こえた。

萩が控えめに描かれた水浅葱色の小袖に身を包んでいる松は、居住まいを正す。

どんな事情を抱えているのか、何が普通ではないのか、自分には分からないけれど、できることはただひとつ。

この大奥でいきいきと働けるよう、そして生きていけるよう、部屋方の局として支えていくだけだ。

——今度こそ……。

開いた戸の隙間から顔をのぞかせた女中を見て、松は静かに微笑んだ。

「私は野村様の部屋方で、局の松です」

第三章　悲しき亡霊の記憶

夜八ツまであと四半刻というところで、里沙《りさ》は見慣れた部屋の障子戸を開けた。

「お里沙さん。この六日間、本当にありがとうございました。お陰で私共の恐怖心も随分と和らぎました。明日からは御火の番がきちんと務めますゆえ」

見送る汐《しお》が、すまなそうにそう言って提灯を里沙に差し出した。必死に隠そうとしているが、その顔にはまだ不安の色が若干残っている。

だが里沙に対する心苦しい気持ちや、体調を案ずる思いがあるため、里沙が丑の刻に長局を巡回するのは今日までという松《まつ》の申し出に、御火の番衆は当然の如く頷いた。

「いえ、とんでもございません。私も最後までしっかりと見回りいたします」

汐にそう告げた里沙は、提灯を受け取って廊下に出た。

歩くたびに小さく揺れる提灯の灯りが、長局の障子に里沙一人の影を映し出しているけれど、里沙は一人ではない。影はなくとも、うしろには周囲を警戒しながらついてくる佐《さ》之介《のすけ》もいる。

「お火の元、お火の元……」

これまでと同様に、ひと部屋ひと部屋しっかりと確認して巡回を続ける。

無言で御火の番の役目に集中し、四の側から三の側、二の側と、長局のすべてを回った里沙は一の側の一番東にあたる廊下で足を止めた。

やはり今宵も、亡霊は現れなかった。

「私、少し焦っていました」

声を潜めてそう呟く里沙。

「お汐さんたちの力になると約束して、野村《のむら》様にはこの目のことを証明すると意気込んだのに、肝心の亡霊が現れてくれないと何もできないじゃないかと」

いつの間にか横に並んでいた佐之介を一瞬見上げ、里沙は小さなため息を漏らす。

「でもそれは、亡霊が出てほしいと言っているようなものなんですよね。御火の番の中には、亡霊が恐ろしくて体を壊した方もいるというのに……」

騒ぎを解決したことにはならないのだが、亡霊が今後現れないならそれに越したことはない。その考えに至らず勝手に焦りを覚えていたのは、役に立ちたいという強い思いばかりが先走っていたからだ。

「最後に気づくなんて、本当に駄目な女中ですね。こんなことではお役に立てる立派な女中になるどころか、祖母に叱られます。私を導いてくださったお豊《とよ》様にも、此度の件を託してくださった野村様にも、私の身を案じてくださるお松さんやお汐さんにも申し訳なくて」

暗い床に視線を落とした里沙の胸には、何もできないことへの不安が広がっていた。

「そんなふうに落ち込まずとも、お里沙はもうじゅうぶん役に立っているではないか」

「いえ、私は何もしておりません」

佐之介の優しさなのだろうけれど、里沙は首を横に振った。

「だって、そうじゃないですか。あれだけ大口を叩いておきながら、御火の番の皆さんを安心させてあげることができなかったんですから」

言葉に出すと余計に自分の無能さを実感してしまい、家族から投げつけられた罵倒ばかりが今になって頭に浮かんでしまう。

「俺は、里沙が何もしていないとは思わない」

「ですが、私は」

里沙が見上げると同時に、佐之介も里沙に視線を合わせた。

「お里沙は、手を差し伸べたではないか」

「えっ……」

「どうしたらよいのか分からず、不安や激しい恐れの中でもがいていた者の手を、お里沙は握った。違うか？」

真っ直ぐ向けられた佐之介の目を見つめながら、里沙はかつての自分を思い出していた。

怯えていた自分の手を躊躇いなく握ってくれた、優しい手のことを。

『おばあちゃん、わたし、お化けが見えるの……』

母親に拒絶され、一人絶望の淵へと落とされた幼い里沙は、初めて納屋の中で眠る時、祖母にそう打ち明けた。

また手を振り払われるかもしれない。そんな里沙の不安をよそに、祖母は言った。

『亡霊が見えるなんて、凄いじゃないか』

『おばあちゃんは、わたしが怖くないの？』

不思議に思う里沙に、祖母は更に驚くべきことを口にした。

『怖いわけないよ。だって、おばあちゃんも昔は見えていたんだから』

そう言って、祖母は里沙の手を優しく握ってくれたのだ。

きっと祖母は、里沙を安心させるために嘘をついたのだろう。けれど当時の里沙にとっては、祖母が差し伸べてくれたその手が唯一の救いだった。

佐之介を見上げる里沙の目に、じわりと涙が浮かんだ。

「助けてあげたいと思った時点で、すでにお里沙はその者の心を救っている。立派な女中になどならずとも、お里沙はお里沙のまま、そうして誰かの手を握ってやるだけでいいと俺は思うが」

耐え切れなくなった涙が一筋の雫となり、里沙の白い頰を伝ってこぼれ落ちた。

「すまない、泣かせるつもりはなかったのだが。そなたを傷つけてはならないとお松に約束したばかりだというのに」

慌てる佐之介を前に、里沙はくすりと笑みを漏らす。

「ありがとうございます、佐之介さん。私、佐之介さんに出会えて本当によかったです」

「なっ、何を突然。それはこちらが言うべきことだ」

「いえ、本当に。佐之介さんに言われなければ、気が急くばかりで大切なことを忘れるところでした」

この呪われた目は、立派な女中になるためにあるのではない。誰かを救うためにあるのだと。

けれど、できることならば、泣いていた亡霊のことも……。

そう思った瞬間、風にのって何かの音が里沙の耳に流れ込んできた。

それは佐之介も同じだったのか、微かな音の正体を探るべく、二人は同時に周囲を見回した。

「今、何か聞こえたような」

里沙はそう呟き、視線を右往左往させた。

だが、闇夜の中を月光が頼りなく照らすのは、縁側に沿って設けられた何もない小さな庭のみ。人はおろか、虫や動物の気配もない。

(気のせい？　けれど……)

周囲に目を配る佐之介の隣で、里沙は心を落ち着かせるように大きく呼吸をした。するると、朧気ながらもやはり何か聞こえる。草木のざわめきでも虫の音でもなく、床に針が落ちるよりもずっと小さく儚げな何かが、耳をかすめた。

(まさか)

肺に冷たい空気が流れ込むのを感じた里沙は、ゆっくりと瞼を閉じ、耳を澄ました。

人と違う自分が嫌い。親に愛されず、母と同じ景色を見せてくれなかったこの目が憎らしい。けれど、この目が泣いている誰かの救いになるのなら。

(どこにいるのですか。泣いているその声を、私に聞かせてください。どうか、姿を見せてください。私なら、あなたを見ることができる。あなたの声を聞くことができる。だから、どうか)

心の中でそう唱えると、里沙と佐之介の着物の裾が僅かに揺れ、続いて吹いた夜風が里沙の頬をそっと撫でる。

「──……」

とても小さく頼りない音が、里沙の耳に微かに届いた。

「──……」

もう一度その音が耳に触れると、息を吹き返したように瞼を開いた里沙は縁側を右へ、出仕廊下のほうに向かって足早に進んだ。

「佐之介さんも、聞こえましたか」

「あぁ。お里沙もか」

「はい。確かに」

前進するたび徐々に鮮明になっていく〝それ〟に、里沙の心が逸る。

できるだけ音を立てずに急いで歩いていると、

「あっ！」

気持ちに足が追いつかず、もつれて転びそうになった里沙に向かって、佐之介が咄嗟に手を伸ばした。

しかし、亡霊が生者を支えることなど不可能。そう思われた刹那、佐之介の腕が里沙の体をふわりと受け止めた。

それは、生きている人間に受け止められる感覚とは少し違っていた。触れているようで触れていない、けれど温かさは確かに里沙の体に伝わってくる。

転ばずになんとか体勢を整えた里沙は、目を丸くしながら佐之介と見つめ合い、おのずと互いに右手を伸ばしてみる。だが初めて出会った時と同じく、佐之介の手は里沙の手に触れることなく振り下ろされた。

（でも、さっきはどうして……）

疑問を感じつつも、今優先させるべきことは別にある。

気持ちを切り替え、二人は廊下を進みながら今もなお聞こえてくる音に耳目を属《しょく》する。

「あれは」

するとと、先に気づいて声を発したのは佐之介だった。

一の側と出仕廊下が交わる廊下の隅、二人から一丈ほど離れた場所で、何かが揺れ動いた。

だが、薄い行燈の灯りではよく見えない。もう少し近づき、里沙は手に持っている提灯を掲げた。

見えたのは、両手で顔を覆って咽《むせ》び泣いている、松葉色の衣を着た小さな男の子だった。
四、五歳くらいに見える幼子の全身は、同じ亡霊でも佐之介とは違い、透き通っていてとても儚い。
泣いている幼子の前にしゃがんだ里沙は、徐に自分の右手を伸ばしたけれど、その手はどこにも触れることなく幼子の体をすり抜けた。途端に、やるせない思いが里沙の心を貫く。

亡霊だと分かっているけれど、泣いているこの子の頭を撫でてあげたい。泣かないでと言って、抱きしめてあげたい。けれど相手は亡霊、生者である里沙では叶わないことだった。

涙の理由は分からないが、こんなにも痛々しい泣き声を上げている小さな子供を前に、里沙の胸は一層締めつけられる。

「坊や、大丈夫?」

そっと優しく声をかけたけれど、顔を覆う幼子の両手とその泣き声によって、里沙の存在が遮られてしまう。

どうにかしてこの子と話をしたいのに、どうしたらその手を開いてこちらを見てくれるだろうか。

「どうして泣いているの?」

もう一度声をかけるけれど、泣いている幼子の耳に里沙の声は届かない。

せっかく見えたのに、泣いている幼子を見つけてあげられたのに。触れることのできない自分では、役に立つどころか目を合わせることさえできない。

(どうしたら……)

里沙がぐっと唇を噛んだ時、うしろにいた佐之介が里沙の横に並び、高い位置からすっと手を伸ばした。すると、佐之介のしっかりとした手は小さな体をすり抜けることなく、幼子の頭の上にぽんと優しくのせられた。

「おい坊、どうした。何か悲しいことでもあったのか」

驚く里沙の隣で、佐之介が目線を合わせるようにしゃがみ込んで問いかけると、幼子の口から漏れていた大きな声が徐々に力をなくしていく。

さらにしばらく待つと、顔を覆っていた小さな両手がゆっくり開き、潤んだ丸い大きな目が露わになった。

佐之介は、そのあどけない瞳に向かって微笑みかける。

「俺の名は佐之介だ。お前、名は言えるか」

けれど、幼子は力なくふるふると首を横に振り、その潤んだ瞳を今度は里沙に向けた。

ようやく目が合ったことに安堵する里沙だったが、幼子は再び肩を震わせ、すすり泣く。

あれだけ泣いていたのだから、すぐに喋ることができなくて当然だ。

「大丈夫よ。ゆっくり息を吸って。大丈夫、大丈夫だからね」

里沙は共に呼吸を繰り返し、幼子の心が落ち着くのを待った。そんな里沙と幼子を交互に見つめる佐之介もまた、自然と呼吸を合わせている。

すると幼子の涙がゆっくりと止まり、しゃくり上げていた息も落ち着きを取り戻した。

「大丈夫？」

里沙の問いに、幼子は小さく首肯する。里沙は自分の声が届いたことにひとまず胸を撫でおろしたのだが、幼子は再び目の縁にじわりと光るものを浮かび上がらせた。

「ぼく……分からないんだ。ぼくが誰なのか、名も……思い出せない……」

心もとない声で、ひとつひとつ確認するように幼子は言葉を繋いだ。

自分のことを思い出せない状態は佐之介と同じだが、もしかすると死んでしまったことじたい気づいていない可能性もある。まだ幼い子供なら尚更、不慮の事故などで亡くなったのだとしたら理解できないのも無理はない。

この場合、こんなにも小さな子に「お前は死んでいるのだ」という現実を突き付けるのは酷だ。けれど、それならばどうすれば……——。

「坊、お前は自分が死んでいるということは分かるか」

（……えっ？）

「あ、あの、佐之介さん、まだ小さな子供ですし」

あまりにも端的に問いかける佐之介に、里沙は狼狽えた。

「何か問題があるのか？」

「いえ、その、いきなり受け止められるかどうか」

「そうだな。だが、早く教えてやるほうが本人のためでもあると俺は思う。死んでいることに変わりはないのだから」

佐之介は、里沙の迷いをかき消すようにあっさりと言い放った。

「坊がいつからここにいるのかは分からないが、早くこの悲しみから出してやらないと」

幼子に向けられた佐之介の柔らかな視線は、里沙のよく知る生者よりもずっと温かい。

自分がこの幼子と同じ齢の頃に実の家族から向けられた冷酷な視線とは、まったくもって相異なっていた。

亡くなってからどれほど経過しているのかは不明だけれど、たとえそれが一日であったとしても、きっとつらくて悲しい時間だったに違いない。長い間、誰にも気づかれることなく孤独の中をさ迷ってきた佐之介だからこそ、その苦しみが分かるのだろう。一人寂しく泣いている幼子の小さな心を、佐之介は早く救ってやりたいのだ。

「佐之介さんの、言う通りですね」

きっとこの幼子は、生者である女中たちの耳にも届いてしまうほど、何度も激しく泣き濡れていたのだ。だとしたら、一刻も早くその涙を拭ってやりたいという気持ちは里沙も同じ。

「やっぱりぼく、生きていないんだ」

幼子は、ぽつりと吐き出した涙声を冷えた床へ落とした。

「気づいていたの？」

「死ぬ、ということがなんなのかは、あまりよく分かんないけど……」

幼子が不安に満ちた目を向けながら答えた。

「坊やは、時々ここに来ていたの？」

里沙の問いに、幼子が頷く。

「少し前はこの辺にいたんだけど、誰も気づいてくれないから外に出たんだ。だけどやっぱり気づいてくれなくて」

江戸の町を泣きながら歩いていたのだが、結局またここに戻ってきてしまったのだと幼子は寂しげに目を伏せながら言った。

里沙が御火の番をはじめた時に、幼子は丁度城を出たのだろう。だから今日まで泣き声は聞こえなかったのだ。

幼子の言葉を受け、里沙は意を決したように佐之介と向き合う。

「佐之介さん、私、この子をどうにか助けてあげたいです。方法は分からないけど、この子が成仏できるように」

「あぁ、もちろん俺も同じだ」

迷わず答えてくれた佐之介のひと言が、里沙には何より心強い。

「けれどその前に、私は一度戻らなければなりません」

「分かった。なぁ坊、これからは俺がそばにいるからもう一人じゃない。だから、大丈夫だな？」

佐之介がそう言うと、光が差したように幼子の瞳がパッと明るくなった。この表情だけで、今までどれだけ孤独で寂しく、心細かったのかがよく分かる。

「お里沙はこれで、御火の番に報告ができるな」

丑の刻、長局の出仕廊下から聞こえる子供の泣き声。その正体は、いつどうやって死んでしまったのか分からない、幼い男の子だった。けれどその亡霊はもう、一人ではない。同じ亡霊である佐之介が小さな手を握ると、幼子は初めて薄っすら笑顔を見せた。

「では私は戻りますが、佐之介さんはこの子と一緒に部屋の前の庭に行っていてください。場所は、お分かりになりますか？」

「無論だ。城の中で過ごした日数なら、お里沙よりも俺のほうがずっと多いのだからな」

「そうでしたね」

半透明の幼子と、鮮明に見える佐之介。二人のうしろ姿を暫し見守ったあと、里沙は御火の番の部屋まで急ぎ戻った。

「お里沙さん、本当にご苦労さ――」

部屋に入るなり、そう言って出迎えた汐の手を、里沙は力強く握った。

「お汐さん、御火の番の皆さん、長局の出仕廊下で夜八ツ前後に聞こえる子供の泣き声は……」

そこまで言って一度息を整えた里沙は、続けてこう告げた。

「やはり、今宵も現れませんでした。ここまで現れないとなると、きっと、もうどこかへ行ってしまったのでしょう」

「本当ですか？」

「はい。だから皆さんは、大奥にとってとても大切な御火の番というお役目に、どうぞ安心してお努めくださいませ」

里沙の言葉を受けた汐を含む御火の番衆は、肩の荷が下りたように揃って愁眉を開いた。

「ですが、もしまた何か此度の件とは別の怪奇な出来事が起こった際には、遠慮せずにおっしゃってください。いつでもお手伝いいたします」

考えた末、里沙は御火の番に子供の霊を見たとは言わなかった。あの幼子が長局の廊下で泣き声を上げることはもうないとはいえ、亡霊が実際にいたとなると巡回の際に思い出してしまうこともあるだろう。そうなれば、また不安になる者も現れるかもしれない。だとしたら、もう亡霊は〝いない〟としたほうがいいと判断したからだ。

「本当に、ありがとうございました。部屋方のお里沙さんの力を借りたのは我々なので、野村様には明日、きちんと私共からお礼を申し上げます」

この場にいる数名の御火の番が、汐の言葉に続いて頭を下げた。

「いえ、私こそありがとうございました。御火の番を経験したからこそ得られたことも、たくさんありますので」

最後に礼を伝え、御火の番の部屋を離れた里沙。御火の番の代わりをしたからこそ、自分を希望だと言ってくれた佐之介に出会えた。そして今は、たとえ触れることができなくとも、悲しみの中にいる幼子に手を差し伸べることもできたのだから。

急ぎ戻った里沙は、縁側に座っている二人の亡霊の姿を捉えた。

佐之介が里沙に気づくと、背中を向けていた幼子が振り返り、小さく手を振った。里沙もそれに応えるように手を振り返す。

二人のもとに行くと、縁側で幼子を挟むように右に佐之介、左に里沙が座った。

里沙がいない間に何を話していたのかは分からないが、近くで見ると、幼子の表情がまた少し和らいだように思える。

正面には、御広敷との境目となる低い塀が見える。縁側は決して景観がいいとは言えないけれど、季秋の空気は澄んでいて心地いい。だが、あまりのんびりはしていられない。

御末が起きてくる暁七ツまで、恐らくあと四半刻もないだろう。皆が起きてしまったら亡霊たちとこうして縁側に座って話すことなどできないため、限られた時間の中でできるだけ情報を得たいと里沙は考えていた。

「少しだけ話を聞いたんだが、この坊も俺と同じように、どうやらここ最近死んだわけじゃなさそうなんだ」

「どういうことですか？」

亡くなったのは、御火の番が亡霊の声を聞くようになった一月ほど前だとばかり思っていたが。

問い返すと、里沙の目に映る美しい佐之介の横顔が、三人を包んでいる暁闇《ぎょうあん》のように暗く陰った。

「目を覚ました時にはすでに亡霊だった坊は、自分が死んだことに気づかないまま、長いこと江戸の町を彷徨っていたらしい」

大勢の人々が行き交う江戸の町で、眠りから覚めるように目を開けた幼子は、自分が誰なのか、なぜここにいるのか分からず、最初は酷く混乱した。だが周囲にはたくさんの町人がいたため、寂しさを感じることはなかったのだと言う。

けれど、それも束の間。日が傾きはじめると徐々に人々は江戸の町から姿を消し、日が落ちて暗くなる頃には周りに誰もいなくなった。そして誰にも気づいてもらえないまま、夜通し泣き続けた。

それから幼子は、人が大勢いる日中は誰かれ構わず一方的に話しかけ、夜になると泣き歩く。それを、幾度も幾度も数えきれないほど繰り返していたある日、ふと見上げた幼子の目に城の門が映った。

小さな子供にとって城の門はとてつもなく大きく感じたに違いないが、幼子はなぜかこの中に入りたいという衝動に駆られた。

門をすり抜け、壁をすり抜け、大奥の中に入った。それが一月ほど前、ようやく秋の風を感じはじめた白露《はくろ》の頃だったと言う。

「城の中でもまた、坊は夜になって誰もいなくなると、廊下の隅で一人泣いていたようだ」

御火の番が聞いた泣き声が毎日でなかったのは、常に出仕廊下の同じ場所にいたわけではなかったからで、大奥だけでなく、御殿向や御広敷、中奥で泣いていたこともあったそう。

今回、御火の番の間だけで騒ぎになったのは、他の者は眠っている時刻だということと、御火の番が真夜中に出歩く役目だったからだろう。

「ぼく、探してるんだ」

小さな口からゆっくりと語られる言葉を待つように、里沙は幼子の顔を見つめた。

「よく覚えていないけど、ずっと苦しくて、怖くて、痛くて。だけど、時々聞こえていたんだ。とっても優しい声で『大丈夫だよ』って、『愛してる』って」

うつむいた幼子は、丸い瞳を潤ませた。

「だからぼくも応えたかったのに、声が出せなくて。それから目を閉じて……気づいた時には今の姿になっていたんだ」

幼子が自分の手のひらを見つめると、開いた小さな手を通して庭の砂が見える。

「だからぼくは、最後に聞こえたその優しい声を、探してる」

里沙は幼子の想いに寄り添うように、優しく頷いた。

「そっか。話してくれてありがとう。私も一緒に探すから、もうあなたを一人にはしない」

幼子は、溢れそうになる涙を必死に堪えながら、唇を噛んでコクリと頷いた。

「坊は恐らく、五歳ではないかと俺は思っているんだが」

幼子の手をしっかりと握りながら、佐之介が言った。

「なぜそう思ったのですか？」

「坊が、覚えていたんだ」

佐之介が目をやると、頷いた幼子は涙を両手で拭い、顔を上げる。

「うん。自分のことは全然思い出せないけど、見たこととか、食べたものとか、全部じゃないけど覚えてる。それで、袴を初めて着たことも」

「袴？　もしかして、袴着の儀」

呟いた里沙の言葉が、まさに幼子の歳を知る答えだった。

霜月は十五日、男子は五歳になると袴を着用して成長を祝う行事がある。

「とっても歩きにくかったんだ。でも、周りにたくさん人がいたはずなのに顔は全然思い出せなくて。それで、そのあとは……苦しかったことしか分からない」

幼子が袴を着て祝ったというのなら、恐らく五歳で間違いないだろう。そして五歳の年に何らかの原因で亡くなったのではないだろうか。

「他に覚えていることはある？　どんなに小さなことでもいいから、教えてくれないかな」

　僅かだとしても、成仏するための手がかりになるかもしれない。

「覚えてることとあるよ。大きくて綺麗な御神輿を見た」

「御神輿？」

「うん。ぼく、今はどれだけ歩いても全然疲れないから、いっぱい色んなところに行ったの。そしたら人がいっぱいいるところに御神輿があって、前に一度見たことがあったのを思い出したんだ」

「どこで見たのかは分かる？」

「行けば分かるけど。あっ、でもね、御神輿を見たのは一度だけじゃないよ」

　幼子は、里沙に向かって自分の右手を開いて見せた。

「五回。一人になってから、五回その御神輿を見た。一回見たら次に見られるまで凄く長かったんだけどね」

　里沙と佐之介は互いに視線を合わせ、目を見張った。恐らく佐之介も同じことを思っているのだろう。

　その御神輿が年に一度の行事だと仮定してそれを五回見たというなら、行事の時期や亡くなった月にもよるが、幼子が亡霊となってから五年、もしくは六年は経過していることになる。亡霊だとはいえ、幼い子供がそんなにも長く一人でいたのかと思うと、深い悲しみが再び里沙の心を覆った。

「父上や、母上のことは？」

幼子の気持ちを汲みながら里沙が優しく問うと、幼子は弱々しく首を振った。

「思い出せないんだ……」

途端に涙を溜め、か細い声を出した幼子を前に、里沙は手を伸ばさずにはいられなかった。けれど、この手を伸ばしたところで抱きしめてやることはできない。

里沙は伸ばしかけた手のひらをぎゅっと握り、唇を噛んでうつむいた。その時、佐之介が幼子の手に自分の手をそっと重ねた。

「そんな顔をするな。お里沙がさわれないのなら、俺が代わりに坊の手を握ればいい。幸い、亡霊同士はこうして触れ合えるらしいからな」

「佐之介さん」

「坊が泣いている時は、俺がお里沙の分まで頭を撫でてやる。周りに他の者がいてお里沙が坊と話せない時は、俺が代わりに話す。生きているお里沙ができないことは、俺が代わりにやればいい。ただそれだけのことだ、案ずるには及ばない」

それは、里沙にとって心強いだけでなく、自分を卑下することがあたり前だった心をも救う言葉だった。

佐之介の大きな手が小さな手を包み込むと、幼子はうつむいていた顔を上げた。

「ぼく、もう泣かないよ。だからお里沙も泣かないで」

きらきらと光る瞳を向けられ、里沙はにこりと微笑んで頷いた。

「ありがとう。あなたは強い子ね」

「うん。ぼく、強い男になるんだ」

縁側に座った三人が揃って穏やかな表情を浮かべると、東の空が白んでいることに気づき、里沙は思い出したように立ち上がった。

「いけない。もうすぐ御末の方々が起きる時間です。戻らなきゃ」

忍び声で告げると、佐之介と幼子も縁から腰を上げ、庭に立った。

「また夜になったら話を聞かせてくれる？」

里沙が言うと、幼子は元気よく「いいよ」と頷いて見せた。

「じゃあ俺は、坊を連れてまず城の中を回ってみる。歩きながら何か思い出すこともあるかもしれないからな」

「はい、よろしくお願いします」

幼子の手を握って里沙に背中を向けた佐之介。

「あの、佐之介さん」

またすぐに会えるというのに、行ってしまう佐之介の背中を見ていたら、声をかけずにはいられなかった。

「どうした」

「あ、あの……ありがとう、ございます」

「ん？」

「いえ、その、お礼を言いたいと思った時に、きちんと伝えなければと思ったので」

すると、佐之介は薄い唇にくすりと笑みをこぼす。

「亡霊に頭を下げるなど、やはり変わっているな、お里沙は」

もしも佐之介がいなかったら、泣いている子を抱きしめることさえできない自分の無力さに落胆していただろう。呪われた子にできることなどやはり何もないのだと、ただただ自分を責めていたに違いない。

佐之介がいてくれるから、里沙は今顔を上げていられる。

二人の姿が遠くなると、里沙はそっと部屋に入り、眠っている朋輩たちの横で朝が訪れるのを待った。

*

大奥での生活も九日目を迎えた、いつも通りの慌ただしい朝。

「それで、野村様には本当のことを報告したの？」

「はい。今朝一番に」

野村が使った化粧道具を片付けている松と、部屋の掃除をしている里沙。

目覚めと同時に、松には他の部屋方がいないところで昨夜の出来事を話した。そして野村には朝の総触れに向かう前、亡霊騒ぎのすべてを佐之介の存在だけを伏せて報告した。

恐らく五、六年程前に五歳で亡くなった子だということも。もちろん、御火の番には余計な恐怖心を与えないよう「亡霊はいなかった」としたこともだ。

「で、その子供を救いたいって言ったってわけ？」

「はい、言いました。あの子が深夜の長局で泣くことはもうないとしても、成仏できない子供の亡霊がいることは確かなので」

「それで、野村様はなんておっしゃったの？」

里沙は何を言われてもいいように緊張しながら構えていたのだが、野村はひと言、「そうか」と返すのみだった。

「きっと、信じてもらえてないんですよね」

亡霊が見えない者にいくら説明しても、確認することなどできないのだからそれも当然。見えないにもかかわらず、一度も里沙を疑うことのない松のほうが、どう考えても稀なのだ。

「気持ちは分かるけどね、救うって言ったって祈祷師じゃないし、どうするつもりなの？」

畳を丁寧に掃きながら、里沙は黙りこくった。ずっと考えていたけれど、方法は分からない。それが分かれば幼子だけでなく、佐之介のことも成仏させてあげられるのだけれど。

どうしたらいいのか悩みながらも手を動かし続け、掃除や洗濯など朝の仕事をすべて終えた頃、総触れから野村が戻って来た。

千鳥の間に行かず一旦部屋に戻るのは、何か特別な話がある時が多いのだと松は言った。

「お里沙、こちらへ」

部屋に入るなり、野村は人払いをした。松の予想通りで、しかも里沙一人にだけ話があるようだ。

恐らく、子供の亡霊がいたということについて問いただされるのだろう。だが里沙は見えるとしか言えないため、野村にそれを証明することは不可能。最悪の場合、暇を出されるかもしれない。

「お呼びでしょうか」

襖を閉じ、誰もいなくなった部屋の中で里沙は頭を下げた。

「例の亡霊騒ぎのことじゃが」

想定していた通りの言葉に、唇を強く結ぶ。

「他に何か申すことはあるか」

だがその唐突な問いかけに、里沙は疑問符を浮かべた。

言葉が出ない里沙を前に、心中察した野村が続ける。

「今朝の総触れのあと、お豊に言われたのじゃ。もしかすると、お里沙は亡霊騒ぎにおいて私に何か願い出るかもしれぬ。それがどれだけ莫迦らしく不可思議なことであっても、どうか聞いてやってほしいとな」

（お豊様がそんなことを）

「責任は自分が取るゆえ、亡霊騒ぎについてはお里沙にすべて任せてやってほしいと申しておった」

「お豊様が、なぜ……」

責任を取るというのは、里沙の行動すべてを共に背負うということ。粗相があれば、罰を受けることになるかもしれない。

「あれは私の部屋方だった時から如才無い女中で、一目置いておった。そなたと同じように、真面目過ぎるところが時折息苦しそうではあったがな」

あだっぽく口角を上げた野村だが、里沙の理解は一向に追いついていない。

「そなたのことはまだ信頼するに足らぬが、お豊がお里沙の目に偽りはないと申したのだ。聞かぬわけにはいかないだろう」

文のやり取りを続ける中で、豊は亡霊が見える里沙に対して疑いを持ったり否定することは一度もなかった。仕事を終えたあとの大奥は退屈だから、見えた亡霊について教えてほしいと書かれていたこともある。

けれど、顔を突き合わせて共に過ごした時間は短かったため、御年寄の野村に対して自分のために意見を述べてくれるなど、里沙は思ってもいなかった。

「して、何かあるか？」

本題に戻ったところで、里沙はようやく顔を上げた。

幼子から話を聞いた時に、できることなら行動に移したいと思うことがあった。けれど、大奥の女中になったからには絶対にそれは叶わないと、心の奥に閉じ込めたのだが……。

「はい。恐れながら、お願いがございます」

一度上げた額を再び畳につけた里沙は、腹を決めて口を開く。

「今朝、私は幼子の亡霊を救ってやりたいと野村様に申し上げました。その上で、まずは幼子自身、自分が誰であるかを思い出す必要がございます。それには、幼子の記憶を頼りに表へ出て手がかりを探したほうが早いと、私は考えております。ですから」

そこまで言って、里沙は一度息を深く吸い込んだ。

「外に出る、許可をいただきたいのです」

言い切った後、里沙は下がりきった頭を気持ちの上で更に低くし、懇願した。

部屋方の、しかもまだ新人の女中が部屋の主である野村に外出を願い出るなど、言語道断。普通なら、おこがましいと叱責されて当然のことを里沙はした。だが、そうしなければ何も進まないということも事実。そんな複雑な思いの中にいた里沙に勇気を与えたのは、間違いなく豊からの信頼だった。

「外に出たいと申すのか」

重く圧し掛かる抑揚のない野村の声に、里沙の体が僅かに震えた。だが、もう引くわけにはいかない。

「はい」

すると、コツンと煙管を置く音が鳴った。

「おもてを上げよ」

里沙は畳に視線を向けたまま、徐に頭を上げた。

「たとえ御目見以下の奥女中であっても、宿下がりや特別な使い以外で外に出ることはできぬ」

「はい、存じております」

知っていたからこそ、言うつもりなど毛頭なかった。豊の言葉を聞くまでは。

「じゃが、そなたは奥女中ではない。お豊を介して私が雇った部屋方じゃ」

里沙は、目を剥いて野村を見つめた。

「宿下がりの際も、外出許可を出すのは御年寄の役目。私の使いで一人の部屋方が外出したとて、なんの問題があると言うのだ。それに、私の力をもってすれば、あるいは白を黒に変えることさえできるかもしれぬ。それが御年寄という存在なのじゃ」

重みのある言葉に一瞬背筋が凍ったけれど、今はその恐ろしさが何より心強い。

「願いを、聞き入れてくださるのですか？」

あまりの衝撃に、里沙は自分の思い違いではないかと聞き返す。

「無論、勝手気ままに振る舞っていいということではないぞ。あくまでそなたにしかできないお役目の一環として、許可を与えるのだからな」

城内でのことは口外してはならない。そして時間厳守。大奥に勤める女中にとって、これらは絶対に守らなければならないこと。当然里沙も心得ている。

「もちろんでございます」

野村の前で頭を下げるのは何度目か数えきれないけれど、今この一瞬は、これまでとは少し違う思いがあった。『そなたにしかできないお役目』だと、野村が言ってくれたからだ。

「半刻後には出られるよう、準備を整えておきなさい」

「承知いたしました。ありがとうございます」

ただ、里沙には野村に願い出なければならないことがまだあった。

「野村様、もうひとつよろしいでしょうか」

「なんじゃ」

「私が表へ出ること、お松さんには内密にお願いできないでしょうか」

「なにゆえ、そのようなことを？」

「お松さんは、とてもお優しく、入ったばかりの私を随分と気遣ってくださる方です。きっと、此度の件が耳に入れば、一緒に行くと言ってくださるに違いありません」

しかし松は部屋方の局。皆の手本となり、野村の命を受けて皆を指導しなければならない立場だ。亡霊騒ぎに巻き込んでしまった上、本来の仕事の邪魔までしたくはない。里沙はそう考えていた。

「そうか、そうじゃな。お松には、私が使いに出したと言っておこう。お松もまたお豊と同様に信頼できる女中なのだが、少しお節介が過ぎるところがある」

「お松さんは、本当に良くしてくださいます」

里沙を指導してくれたのが松だったからこそ、祖母が亡くなって以来忘れていた笑顔というものを、いとも簡単に取り戻せたのだ。

「昔、そなたに少し似た女中がおってな。お松はその女中と親しかったのだが……。快活なお松にも、他の多くの女中にも、それぞれ抱えているもののひとつやふたつあってあたり前なのじゃ」

里沙には野村の話のすべてを理解することはできなかったが、そこまで言って野村は口を閉じ、部屋をあとにした。

それから丁度半刻。里沙が大奥の出入り口である七ツ口を通ったのは、昼九ツを少し過ぎた頃だった。

松にはどこへ行くのか散々探りを入れられたが、嘘が下手な里沙はできるだけ目を合わせずに「野村様の使いで」、という言葉ひとつでなんとか切り抜けた。

野村の許可のもと、用意された御切手《おきって》（通行証）で七ツ口を通り大奥を出た里沙は、蒼天を仰いだ。

奥勤めをする前は、秋の空から降り注ぐ陽光がこれほど綺麗だと感じる余裕はなかった。冬が間近に迫っているけれど、寒さはあまり感じない。

「行きましょうか」

「あぁ、そうだな」

外に出た女中は里沙一人だが、亡霊二人も一緒だ。里沙の隣には幼子が並んでいて、その隣には小さな手をしっかり握っている佐之介がいる。

けれど周囲の人間には里沙しか映っていないため、話す時は極力声を潜めなければならない。誰かに聞かれても、随分とひとり言の大きな女だと思われる程度だろうから、そう心配することはないけれど。

「その着物、そなたに似合っているな」

佐之介に言われ、里沙は恥じらいを感じてうつむいた。

大奥の中では野村から支給された部屋方揃いのお仕着せを着用しているのだが、外へ出るのにその恰好では駄目だと野村に言われ、今は用意された別の着物を着ている。

とはいえ、上級女中が着ているような華美な着物だと、地味な色が主流の江戸の町では目立ってしまうので、落ち着いた伽羅《きゃら》色の小袖だ。

「だがお里沙には、もっと華やかな着物も合うと思うが」

「そんな、私には奥女中の方たちがお召しになっているような美しい着物は、不相応です」

「お里沙は謙虚だな」

「本当のことですから。それよりも、ほかに分かったことはありましたか」

昨夜、里沙と別れた佐之介は何か手がかりがあるかもしれないと、幼子と共に城内を歩いて回った。長局にいる里沙のもとへ戻って来たのは、丁度里沙が野村との話を終えたあとだった。

「いや。表や中奥、西の丸まで足を延ばしてみたが、手がかりになるようなことは何も思い出せなかったようだ。だが……」

梅林坂《ばいりんざか》を下り、平川門《ひらかわもん》を出た一行は平川橋《ひらかわばし》を渡って一度立ち止まった。

「佐之介さん、どうかなさいましたか？」

「いや、なんでもない」

言い淀んだ佐之介の瞳が僅かに曇ったように見えたが、すぐに顔を上げて向き直った。

「そういえば、坊が言っていた神輿のことなら少し分かったぞ。なぁ、坊」

「うん。ぼく、御神輿を見た日、美味しいものをいっぱい食べたんだ。屋台がいっぱい並んでて、それで天麩羅とかお寿司とか、暑かったから水菓子も食べたよ」

御神輿が出て屋台もたくさん並ぶということは、恐らくどこかの神社で行われる大きな祭りだろう。

「暑かったの？」

「うん、人もいっぱいいたし、お日様も凄く暑くて」

「思い出してくれてありがとう。あとは何か覚えてることある？」

祭りがなくとも屋台はあちこちにあるので、この情報だけで絞り込むことは難しい。

「あとね、大きな橋を渡ったの。すっごく大きな橋だった」

「橋……」

薄っすらと曙光《しょこう》が見えた気がした里沙は、腰を落として幼子に目線を合わせた。

「今渡った橋よりもずっと大きかった？」

「うん。あんなに小さくないよ。もっとずっとずーっと大きい」

両手を大きく広げて見せた幼子。立ち上がった里沙は顎に手を当てて思い見る。

「もしかして富岡八幡宮《とみおかはちまんぐう》ではないでしょうか」

確信はないが、可能性としては一番あり得るのではないだろうか。意見を求めるように佐之介を見上げたが、首を捻っている佐之介に、里沙はすぐさま「すみません」と頭を下げる。

記憶がないのは佐之介も同じだった。幼子は自分や家族のことだけを覚えていないようだが、佐之介の場合は生きていた頃の記憶がほとんどない。当然、祭りに関する記憶もないのだろう。

こうして鮮明に見える佐之介と話しをしていると、亡霊だということすら失念してしまいそうになる。

「謝る必要などない。俺自身も時々生きているのだと勘違いをして、大奥の中にいる自分に困惑することがあるんだ。女中とすれ違う時など、咄嗟に隠れてしまったこともあるのだからな」

どこから見ても粋な男が「あの時はまったく滑稽だった」とおどけて言ったのが可笑しくて、里沙は思わず相好を崩した。幼子も声を上げて笑っている。

近くを通った商人ふうの男は、そんな里沙を見て訝しげに眉を寄せた。一人で笑っている姿が相当怪しく映ったのだろう。それでも里沙は、佐之介を見つめながら微笑むことを止めなかった。

「笑うと、なぜこんなにも心が豊かになるのでしょう」

祖母と暮らしていた頃は、祖母の前でよく笑っていた。それでもどこかで母の愛を求めてしまい、心の底からは笑えてはいなかったのかもしれない。祖母が他界してからは、尚更だった。

「そうだな。不思議なもので、亡霊の俺も同じ思いだ。心臓は動いていないというのにおかしな話だが」

「心臓が動いていなくても、亡霊だとしても、佐之介さんにもこの坊やにも心はあります」

自分の胸に手を当てた佐之介に、里沙はそう訴えた。心があるからこそ孤独を感じ、苦しみ、泣き、笑顔を向けてくれるのだ。

「すみません。お二人のつらい気持ちは、私などに分かるはずがないのに」

「亡霊の気持ちなど分からなくていい。ただ、分かろうとしてくれるお里沙に、俺は救われているのだ」

「ぼくもだよ」

そう言って里沙の袖を引っ張ろうとした幼子の手を、すかさず佐之介が握った。

「ほら坊、我らは亡霊なのだと今言ったばかりだろう。お里沙の着物はさわれないというのに、もう忘れたのか？」

佐之介は頬を緩め、優しげな視線を幼子に向けた。佐之介の咄嗟の対応に、幼子は頭をかきながら、「いっけねぇ」と舌を出して笑う。

「よし、ではお里沙の言う通り、富岡八幡宮に向かおう」

「ぼく、近くまで行けば場所分かるよ。五回も歩いて行ったんだもん」

佐之介を見上げながら、幼子はどこか得意げに言い放つ。

「ではあまり時間がないので、急ぎましょう」

大奥の七ツ口はその名の通り七ツ（午後四時）に閉じてしまうので、急ぐ必要がある。

川沿いの道を東へ向かって、呉服橋《ごふくばし》を渡った。富岡八幡宮へ行くための永代橋《えいだいばし》は、ここから更に東へ進まなければならない。

けれど、その途中に里沙の家族が住む八丁堀の組屋敷があるため、自然と里沙の足取りが重くなった。

「どうかしたのか？」

「いいえ、たいしたことではないのですが、少し躊躇ってしまいました」

この先に、自分の家があるからだ。果たして本当に自分の家だと言っていいのか分からないが、近くを通りたくないなどという個人的な感情だけで、足を止めるわけにはいかない。

「よし、こちらから行こう」

里沙はそのまま真っ直ぐ進もうとしたのだが、佐之介はなぜかそう言って左へ曲がった。

「佐之介さん？」

戸惑う里沙をよそに、佐之介はそのまま日本橋を渡ってから東へ向かう。

「あの、どうして……」

「この辺りはもう長いこと歩き回っているからな、日本橋の北と南、どちらの道を行ったところで距離はそう変わらないさ。こっちの道が気乗りしないのなら、無理やり通る必要などない」

なぜ躊躇うのか、その理由を聞くことなく、佐之介は幼子の手を引きながら軽快に歩いている。それだけで、里沙の心に湧き上がろうとしていた不安の影は、いとも簡単に薄れていく。

川を挟んだ右側にある組屋敷のほうには目もくれず、里沙は前だけを、佐之介の背中だけを見つめて足を進めた。

途中にひとつ小さな橋を渡ってその先が見えると、幼子は「あー！」と前方を指差しながら高い声を上げた。

その目に永代橋が映ったからだ。

「この場所で間違いない？」

「うん、ここだよ」

里沙が聞くと、幼子は瞳を輝かせながら大きく頷いた。

幼子が見た御神輿というのは、江戸三大祭のひとつ、葉月に富岡八幡宮で行われる祭礼のことだろう。

日本橋よりもずっと大きな永代橋を前に、里沙の胸中はまたも少しだけ複雑だった。

文化四年、祭礼が行われる富岡八幡宮へ向かおうと人が一気に押し寄せた結果、永代橋が崩落してしまう事故があった。

多くの死者や行方不明者を出したこの事故は、今から十七年前、里沙が生まれた年に起こった。そのため、あれはお前が生まれたせいで起こったのだと家族から罵倒されたこともある。

幼い頃は自分のせいだったのかもしれないと本気で思い、橋を渡るのが怖かったけれど、祖母はひと言『莫迦なことを言うんじゃないよ』と、笑い飛ばしてくれた。

その時に胸のつかえがスッと取れたように、今は佐之介と幼子が一緒にいてくれるから、怖くはない。

「しかし、この大きな橋を初めて見つけた時は俺も驚いたな」

佐之介が食い入るように永代橋を見つめながら言った。

「永代橋のことも、覚えていなかったんですか?」

「あぁ。まったく見覚えがなかった」

江戸に住む者なら知っていて当然だが、記憶のない佐之介なら覚えていなくても不思議ではない。

三人は橋を行き交う人々の活気と微かな潮風を感じながら永代橋を渡り、更にそのまま少し東へ進むと富岡八幡宮が見えた。

鳥居をくぐり中に入ると、参拝を済ませてから境内にある縁台に腰を下ろした。

「何か思い出せそう?」

幼子にそう聞くも、やはり御神輿を目にしたことや、天麩羅や寿司を食べたことしか思い出せないと言う。

小さな子供が一人で来ることはまずないため、そこには必ず大人が、恐らく母親か父親がいたはずだ。

思い出せないことがつらいのか、幼子はさっきまで見せていた笑顔を消してうつむき、「ごめんなさい」と呟いた。

「謝ることなんてないのよ。きっと少しずつ思い出せるから。今度はお城に向かってまた別の道を歩いてみましょう」

幼子を励ます里沙。自分のことではなかなか前向きになれないのだけれど、誰かのためになら躊躇わずに進むことができる。そのことに気づいたのは、女中として大奥に勤めはじめてからだった。

「じゃあ、今度は本所《ほんじょ》から両国橋《りょうごくばし》を渡るというのはどうでしょう」

里沙が提案すると、どこのことを言っているのか分からないのか、幼子は首を傾げた。

「分からない時は実際に行ってみたほうがいい。案外何か思い出すきっかけがあるかもしれないからな」

時間が限られているため、佐之介はそう言って早速立ち上がった。

富岡八幡宮を出て北へ向かい、本所から両国橋を目指す道のりは、城からのここまでの距離を考えても楽ではない。けれど不思議と疲れを感じないのは、亡霊二人が共に歩いてくれているからだろう。

祖母が亡くなってからは、こうして誰かと共に江戸の町を歩くこともなかったため、見たことのある景色もすべてが真新しく感じられる。疲れるどころか、もっと歩きたいとさえ思えた。

三人が両国橋を渡ると、幼子が突然「あー！」と声を上げて駆け出した。佐之介が言ったように、何か思い出すきっかけを見つけたのだろうか。

佐之介と里沙がすぐに追いかけると、幼子が足を止めたのは両国廣小路《りょうごくひろこうじ》の一画にある【風花堂《ふうかどう》】という菓子屋だった。店の前は多くの人で賑わっている。

「随分人気のある店のようだな」

「風花堂は大奥に上菓子を献上したこともある有名なお店ですが、そんな中でも安価な芋ようかんは江戸の町人に大人気なんです」

「お里沙は随分と詳しいな」

「はい。実は、お――」

「ぼく、芋ようかん食べたことある！　凄く美味しくてぼくも好きなんだ！」

二人の間に入った幼子が嬉しそうに声を弾ませ、人だかりのうしろからなんとか店の中を見ようと必死に背伸びをしている。そんなことをせずともすり抜けられるのだが、佐之介は幼子の体をひょいと抱き上げ、肩車をした。

「私、買ってきます」

亡霊が買い物をすることはできないので、里沙は混み合っている店の中へ行き、芋ようかんを三つ購入した。

「これが芋ようかんというのか。この姿になってから腹が空くということがないので、食べ物についてあまり深く考えてはこなかったのだが。なるほど、確かにどんな味なのか興味がある」

里沙が持っている芋ようかんに、好奇心旺盛な子供のような瞳で見る佐之介。

生きていた頃に食べたことがあるけれど忘れてしまったのか、それとももともとより知らないのか。もし後者だとしたら、寒天を用いた甘い煉羊羹が庶民の間でも主流となった寛政《かんせい》期頃には、すでに佐之介は死んでしまっていたのかもしれない。そうすると、少なくとも二十年以上は亡霊として彷徨っている可能性もある。

「本当はお二人にも食べていただきたいのですが」

幼子だけでなく佐之介も、食べれば何か思い出すことがあるかもしれないが、亡霊が現にある食べ物を手にすることは不可能で、ましてや食べることなどできない。

「別に大丈夫だよ。ぼくは芋ようかんのことを思い出せただけで嬉しいから。これはお里沙が食べて」

「ありがとう。では、戻ったらいただきますね」

里沙は包まれているようかんを、持っていた巾着袋の中に入れた。

「せっかくここまで来たので、浅草《あさくさ》のほうも回って行きましょうか」

昼八ツの鐘が鳴ってから四半刻ほど過ぎた頃なので、七ツまではまだ半刻以上ある。浅草に寄ったとしても間に合うだろうし、いざとなれば辻駕籠に乗ることもできるので問題はない。

「芋ようかんを、いつ誰と食べたのかは思い出せないか？」

歩きながら佐之介が優しく問うと、幼子は不意に立ち止まって左手を胸に当てた。

「分かんないけど……誰かが美味しそうに芋ようかんを食べてた。甘すぎなくて美味しいって。でもなんか、思い出そうとすると、ここら辺が痛くなるんだ」

胸に手を当てたまま、幼子はまたも瞳に影を落とした。

そんな幼子を切なげに見つめている里沙の頭の中に、ぼんやりと曖昧なものが浮かび上がろうとしていた。それがなんなのかは分からないが、幼子の言葉を聞いた瞬間、確かに何かが。

「坊、無理に思い出す必要はないからな。誰かと食べたということは思い出せたんだ、焦らずとも、きっと少しずつ見えてくる」

「そうですね。佐之介さんの言う通りです」

幼子は不安そうに視線を落としたまま、二人の言葉に頷いた。

浅草へ向かうため、三人は川沿いに立ち並ぶ柳の木を前に、浅草橋を渡ろうとした。だがその直前、握っていた佐之介の手を幼子が強く自分のほうへ引っ張った。

「どうし……」

佐之介がそう言いかけたところで、幼子の目から大粒の涙がこぼれ落ちていることに気がついた二人は、慌てて幼子の前にしゃがんだ。

「どうしたの？　どこか痛いの？」

「怖いことでも思い出したのか？」

里沙と佐之介、どちらの問いにも幼子は大きく首を振った。

「い、嫌だ……。ぼく、こっちに……行きたくないっ」

泣きながらなんとか言葉を紡いだ幼子は、佐之介の足にしがみついて泣きじゃくった。

（どうして……）

なぜ、この橋を渡りたくないのか。この橋の先にあるものはなんなのか。

戸惑いながらも、里沙は自分の頭の中に浮かんだ記憶の欠片が、少しずつ繋がろうとしているのを確かに感じた。


里沙が大奥へ戻ったのは、七ツより四半刻ほど前。

部屋に入っていつもの矢絣柄のお仕着せ姿に着替えた里沙は、休むことなく部屋方の仕事に就いた。

六ツ半。夕食を終えて自由時間となった里沙は一人、縁側に座っていた。こうして思案に沈んでいれば、霧に覆われている判然としない〝何か〟が少しずつ見えてくるような気がした。

いつもいるはずの佐之介がそばにいないのは、大奥に戻ってからもどこか浮かない表情だった幼子のため、「気晴らしに散歩をしてくる」と告げて出掛けて行ったまま、まだ戻っていないからだ。

ふと見上げると、いつの間にか広がっていた灰色の雲が、満月間近の月をすっぽりと隠している。

「な〜に一人で考え込んでるのよ」

曇天の下、座っている里沙の頭上から降ってきたのは、空のそれとは正反対の晴れやかな声だ。

「お松さん」

見上げた里沙に向かって、お松は右手を差し出した。

「これは？」

「あげる」

有無を言わさず渡されたのは、半分に割った焼き芋だった。

「こういう時はおやつを食べるのが一番よ。今夕食を食べたばかりだとか、そんなあじけないことは言わないでよね」

もう半分の焼き芋を手にしながら、松は里沙の隣に腰を落とした。

こういう時とはどんな時なのか。松はまだ事情を知らないのだが、里沙の表情を見て何かを察してくれたのかもしれない。

「ありがとうございます。遠慮なく、いただきます」

ほんのり温かさの残った焼き芋をかじると、ホクホクとした食感と共に優しい甘さが口いっぱいに広がった。

「お、おひひいへふ」

芋を口に含んだまま里沙が言うと、松はプッと噴き出し、用意していた茶碗を里沙に渡した。茶を飲んで落ち着いた里沙は、改めて口を開く。

「美味しいです。とっても。焼き芋って、なんだか元気になる味ですね」

「そうでしょ？　薩摩芋は今が一番美味しい時期だからね」

大きな口を開けて焼き芋を頬張る松の姿に、悩んでいたはずの里沙は図らずも笑みをこぼした。

「あの、お松さん、実は……」

いつもと変わらぬ明るさと気遣いを見せる松に、里沙は今日の出来事を話した。

「――その男の子のことは何も知らないし名前も分からないというのに、なぜかずっと胸にひっかかるものがあるのです。あと少し何かきっかけがあれば、すべて繋がるような気がするのですが……」

黙って聞いていた松は、茶を飲んでから静かに一度頷いた。

「ちょっと思ったんだけど、その子、大奥とはまったく関係ないの？」

「大奥ですか？」

「うん。だって、どこの誰だか分からないんでしょ？　だとしたら、大奥で生まれた子の可能性だってあるじゃない」

里沙は雷に打たれたかのような衝撃を感じ、はっとした。考えもつかないことだったけれど、確かに松の言う通りだ。

それに、亡霊となってから江戸城を初めて見た時、幼子は入りたいというに衝動に駆られたとも言っていた。もしかすると、記憶はなくても城の中にいる誰かのことを無意識に求めてしまったと考えることもできる。

「その子が五歳だっていうことと、亡くなった時期はなんとなく判ったのよね」

「はい、恐らくですが」

「だったら、その時期に……」

一旦言葉を止めて周囲を気にした松は顔を寄せ、極力小さな声で言った。

「五歳で亡くなられた若君がいないか、調べてみるのもひとつの手じゃない？」
五、六年前に五歳で亡くなったとなると、生まれたのは今から十年ほど前になる。
「ただ、調べるのは大変かもしれないわね。何しろ、御子をお産みになられた御側室は十六人以上いらっしゃるから」

「えっ!?　そ、そんなにいるのですか？」

その数に、里沙は思わず耳を疑った。

「そうよ。御子のいない御側室も合わせたらもっといるの。そりゃあ女同士の争いも絶えないはずよ。まっ、私たちには関係のない話だし、それでも世継ぎ争いとは無縁なところで毎日汗水たらして働いている女中のほうがずっと多いんだけどね」

松の言う通り、上様に側室が何人いようが、御手付きとなった女中がどれだけいようが、そんなものはまるで別世界の話。里沙はただ、自分にできることをするだけだ。

「で、話が逸れちゃったけどさ、つまり若君をお産みになられた誰かがその亡霊の子供の母君って可能性もあるわけよ」

問題はどうやって調べるかだけれどと松は言ったが、里沙にはそれを知る手立てに、ひとつだけ心当たりがあった。

「あの、お松さん」

そのことを松に告げようとした時、一人の女中が縁側に座っている二人のもとへ近づいてきた。

「お尋ねしたいのですが、お里沙さんという部屋方は、こちらにおられますか」

里沙は下ろしていた足を上げ、声をかけてきた女中に向かって慌てて手をついた。

「はい、お里沙は私でございます」

里沙は、縞模様のお仕着せ姿のこの女中に見覚えがあった。以前豊に会った際、うしろに付いていた女中だ。

「お豊様がお里沙さんにお話があるとのことなので、一緒に来ていただいてもよろしいでしょうか」

「お豊様が？」

これは予想外の申し出だったが、どうにかして豊に会えないかと、つい今しがた思っていた里沙にとっては願ってもない機会。

生まれてきた御子の記録をすべてつけている御右筆の豊なら、五歳で亡くなった若君のことも分かるかもしれないと考えたからだ。

三の側にある豊の部屋に向かった里沙は、豊と話ができるという喜びと、聞きたいことをどう尋ねれば失礼にあたらないのかを考えながら歩いていた。

「失礼いたします。お連れいたしました」

部屋方が膝をついて襖を開けると、上の間には豊の姿があった。

城に上がった初日に偶然居合わせて言葉を交わしたばかりなのに、もう随分と会っていないような気がする。

「お里沙、こちらへ」

「はい。失礼いたします」

二人だけになった部屋の中、豊の正面に移動した里沙は、そこでもう一度頭を下げた。

「野村様からうかがいました。お豊様が、私などのために責任を取るとおっしゃって下さったこと。本当に、ありがとうございました」

野村が外出許可を出してくれたのは、信頼されている豊が口添えをしてくれたからだ。

「私は、そうすべきだと思ったことを野村様に申し上げただけのこと。何も特別なことではありません」

しかし、御年寄に意見を述べるのには相当の覚悟が必要なはず。その覚悟を、自分のような一介の女中のために躊躇いなく使ってくれた豊には感謝しかない。

「それより、大奥での生活はどうです。慣れましたか？」

「はい。まだ不慣れなところもありますが、大奥での暮らしは毎日が忙しく、充実しております」

忙しさでいえば、家にいた時も家事のすべてを担っていたので同じなのだが、心持ちはまったく違う。どれだけ多忙だろうと、笑い声のある場所で顔を上げて働けることの幸せを、里沙はこの九日間で実感していた。

「そうか。それならばよかった。御火の番の騒ぎも解決したと伝え聞いたが」

「はい。御火の番の件はひとまず落ち着いたのですが……。私は、泣いていた子供の亡霊を、どうにかして成仏させてあげたいと考えております」

「亡霊を救いたいと言うことですか？」

「はい。私にどこまでできるのかは分かりませんが」

亡霊を救うこと。それは、呪われた子だと言われ続けた己にしかできないことだ。

「そうか。なんともそなたらしい考え方です。母もきっと、そんなふうに前を向いているお里沙を誇りに思っているに違いありません」

里沙の胸の内を聞いた豊は、そう言って控えめに微笑んだ。里沙もまた、豊の言葉の中にある祖母の笑顔を見て、目に涙を浮かべる。

「私はいつでもそなたの味方ゆえ、遠慮はいらぬ。何か困り事があればいつでも相談にのりますよ」

向かい合うお豊は奥女中ではなく、叔母としての優しい笑みを見せながら里沙にそう告げた。

「本当にありがとうございます。あの、お豊様。早速ではありますが、ひとつお伺いしたいことがございます」

里沙は居住まいを正してお豊に目を向けた。

「御側室の方々の中に、十年、もしくは十一年前に若君をお産みになった御方様がいるのかどうか、知りたいのです」

「なぜですか？」

疑うわけではなく、すべてを話せと言わんばかりに間髪入れず問い返す豊。里沙はそれに応えるように続けた。

「私が救いたいと思っている亡霊は、恐らくその頃に生まれた子供で、自分のことや家族のことを忘れてしまっているのです」

記憶を取り戻すことで成仏できるのかどうかは分からないが、親のことが分かればもしかすると何か思い出すかもしれない。そして母親が大奥にいるということも否定できないため、可能性があるのならすべて調べたいのだと豊に告げた。

「更に、若君が五歳前後で……」

そう言いかけて、里沙は言葉の続きをすんなり紡ぐことができず、呑み込んだ。自分のような者が将軍の御子に対して「亡くなってしまった子はいるか」などと、軽々しく口にしていいわけがない。だが、聞かなければ何も分からないということもまた事実だ。

やはり豊ではなく野村に聞くべきだろうか。自分のために責任を取ると言った豊に、これ以上迷惑はかけられないし、それに……。

葛藤する里沙の様子に気づいた豊が、自ら口を開いた。

「五歳前後で亡くなった若君がいるか、知りたいのであろう」

まさに里沙が尋ねたいと思っていたことを、豊のほうから言ってきたことに驚いた。

「何を驚いているのです。それがお里沙の聞きたかったことではないのですか？」

「いいえ、その通りなのですが。お豊様は、私の考えていることがお分かりになるのですか？」

目を丸くしている里沙を見て、お豊は頬を緩めた。

「心が読める、と言いたいところだけれど、ずっと見てきたのだから、そなたの顔を見ればだいたい分かる」

（ずっと見てきた？）

「ですが、お豊様が家にいたのは私が六歳の時までで、それ以降にお会いしたのは二度、それもとても短い時間だけでした」

ずっとと言われるほど、豊は里沙の顔を見ていないはずだ。

「会っていなくとも、文のやり取りをしておっただろう」

確かに文通はしていたが、それでも顔を見られたわけではない。

どういう意味なのか、言葉の中にある真意を汲み取れずにいる里沙に向け、豊は言う。

「文には、書いた者の心が現れると、私は思っています」

「心、でございますか」

里沙は首を僅かに傾げながら聞き返した。

「そうです。もちろん、顔を見て話すことは大切だけれど、文は時に、直接言葉にすることのできない秘めた思いまでも、自然と引き出させてくれる。相手の顔が見えないからこそ、どのような面持ちで文を書いているのか、より強く思い浮かべるのではないか」

豊の考え方は、意外なほどすんなりと里沙の頭の中に入ってきた。というのも、豊からの文に書かれてあった、ある一文を思い出したからだ。

【風花は大層美しいのだけれど、うら悲しくもある】

里沙はその一文を読んだ時、晴れた日に舞う美しい雪片に感動しながらも、どこか寂しそうに曇る豊の顔を思い浮かべた。会ったわけではないのに、文を読んだだけで豊に何かあったのではないかと心配したことがあったからだ。

豊も同じように、文を読みながらその時の里沙の心情を読み解き、顔を思い浮かべてくれていたのだろう。だから豊は、会わなくても里沙がどんなことに喜び、どんなことで泣き、どんなふうに考える娘なのかが分かるのだ。

「そなたの顔を見れば分かるゆえ、遠慮はいらぬと言っておるのに。家族なのだから」

「お豊様……」

豊のことが好きだからこそ里沙は躊躇ってしまったけれど、そんな心の内側さえも見透かされていたのかもしれない。

豊の気持ちに涙腺が緩んだが、今は泣いている場合ではないと自分に言い聞かせた。

「御側室と若君のことでしたね。私は右筆なのですから、たとえ奥入り前の出来事であったとしても、記録を調べればすぐに分かります。今日はもう遅い、調べておくゆえ、明日の朝にでもまた来なさい」

「はい、ありがとうございます」

頭を下げた里沙は、静かに畳を見つめたまましばし考えた。

佐之介と幼子と共に城に戻ってきてからというもの、里沙にはずっと引っかかっていることがある。けれどそれを聞いてどうするのだと、自問自答を繰り返していた。なぜならそれはとてもつらく、里沙一人では冷静に判断することなど到底できない、常識という概念から逸脱した考えだからだ。

けれど、自分は生まれた時から常識から外れた普通ではない存在だ。ならば常識とはいったいなんなのだろう。そう思うと、頭の中に浮かんでいる微かな疑問は決してあり得ないことではないのだ。

「お里沙、どうかしたのか」

一向に顔を上げない里沙に、豊が声をかけた。

こんなことは考えたくないけれど、確かめるためにも豊に聞く必要があった。違うなら、自分の勘違いならそれでいい。また一から考え直せばいいのだ。けれど、もしも里沙の中にある疑問が真実だったなら。

「お豊様、最後にもうひとつだけ、お聞きしたいのですが……――」

第四章　真実の涙

城へ上がって十日目の朝。里沙《りさ》は冷たい井戸の水を手ですくい、目元に当てた。里沙の大きな目は、まるで一晩中泣きはらしたかのように赤く、明らかに疲れが見えている。泣いたわけではないのだが、昨日はほとんど眠ることができず、その痕跡が里沙の顔にくっきりと表れていた。

「本当に大丈夫か？　俺がそばにいなかったばっかりに、すまない。だが何があったのかそろそろ話してくれないだろうか」

佐之介《さのすけ》は、今朝からずっとこの調子で里沙に話しかけてくる。

「大丈夫ですよ。少し疲れが出ただけなので」

いつもは冷静で頼れる存在の佐之介が、ただいつもより目が腫れているだけの里沙を見て落ち着きをなくしている様子は少し可笑しいが、何を言われても里沙は同じ言葉を返した。

気にかけてくれる佐之介の気持ちは嬉しいが、まだ確定していないことを軽率に口に出すことはできない。なにより佐之介の隣には、幼子もいるのだから。

「お里沙、野村《のむら》様がお呼びよ」

水を汲んで台所に戻った里沙に、松《まつ》が声をかけた。桶を下ろした里沙は、すぐに野村が待つ居間に向う。

襖を開けて額突く里沙は、少し不安だった。

外出時の報告については昨夜すでに済ませている。その時はこれといって何も聞かれなかったのだが、朝になってまた話があるとはどういうことだろう。

やはり、せっかく外出許可を与えたのになんの成果も得られなかったことに対して、お叱りを受けるのだろうか。ようやく真相にたどり着けそうなのに、亡霊騒ぎについて今後一切余計なことをするな、などと命じられたら絶対に困る。

「野村様、申し訳ございません」

焦った里沙は、野村が話しはじめる前に自ら頭を下げた。先手を打つなどという戦略的思考は一切なく、ただここで終わるわけにはいかないという強い思いがそうさせたのだ。

「何を謝っておるのじゃ」

だが、そんな里沙の思いとは裏腹な言葉を野村は放った。

思わず頭を上げると、野村はいつも通り脇息《きょうそく》にもたれながら一服している。

「いえ、その、昨日のことで何かお叱りを受けるのかと」

そう主張すると、野村が珍しく上品な笑い声を立てた。野村のそばに控えている松も、肩を揺らして笑いを堪えている。

何を笑われているのか理解できていない里沙は、ぽかんと口を開いたまま瞬きを繰り返す。

「別になんということはない。ただ少し話をしようと思っただけじゃ」

「さっ、さようでございましたか。私としたことが、思い違いをしておりました。申し訳ございません」

早とちりをしてしまった里沙は、恥ずかしそうに顔を赤らめた。部屋の隅に座っている佐之介も自分を見ているのかと思うと、余計に決まりが悪い。

「よいよい。ところでお里沙、そなたはこの先大奥でどうなりたいと思っておるのじゃ。そなたの考えを述べてみよ」

野村にそう言われて顔を上げた里沙の頬には、まだ若干恥じらいの色が残っている。

「どうなりたい、でございますか。それは……」

しばし思考してみたけれど、やはり何度考えても答えはひとつしかないと、里沙は野村に目を向けた。

「私は、お役に立ちとうございます。どんなことでも誰かの役に立てるのなら、この先なんでもしたいと——」

「心持ちの話ではなく、具体的にどの役職に就きたいのかと聞いておるのじゃ」

「えっ、や、役職、でございますか」

またも先走って質問の意図をはき違えた里沙は、再び色濃くなった頬を隠すように視線を下げ、落ち着いてもう一度考え直した。

大奥では様々な役職があり、どのような役に就けるかはその者の家柄も大きく関係してくるのだが、その上で【一に引き、二に運、三に器量】と言われている。

里沙と同じく旗本の娘の場合、御三の間からはじまり、それぞれの能力に応じて昇進していくことが多い。野村の部屋方として大奥に入った里沙も、いずれ何かしらの職に就くことになるのだろうが……。

「お里沙なら、御中臈となって上様の目に留まることもあるかもしれぬ。御手付きとなれば御側室への道も開けるであろう」

「そんな、滅相もございません。私など、恐れ多いことにございます」

とんでもない言葉をかけられ動揺を隠せない里沙は、慌てて両手と頭を左右に激しく振った。

だが、狼狽えたのは里沙だけではない。さっきまで胡坐をかいていたはずの佐之介まで、野村の言葉を聞いた途端に焦って立ち上がっていた。なぜ急に立ったのか分からない幼子は、そんな佐之介のことをきょとんとした瞳で見上げている。

「自分では気づいておらぬようじゃが、お里沙は器量がいいのに勿体ない」

そのようなことは、自分を大切にしてくれた祖母にしか言われたことがないため、里沙は酷く驚いた。気味が悪い、顔を見せるなと罵られるほうがまだ慣れている。

「この部屋には出世を望む貪欲な者の、なんと少ないことと」

野村は微笑を浮かべながら松にちらりと目をやり、その視線に気づいた松は気まずそうに肩をすくめた。

「大奥での一番の出世は、上様の寵愛を受け男子を生むこと。もし将軍生母となれば、更に絶大な権力を握ることができるというのに」

正直言って、里沙は将軍である家斉には興味がない。などとは口が裂けても言えないことだが、本音はそうだ。将軍からの寵愛などほしいとは思わないし、ましてや御手付き御中臈になるなど恐怖でしかない。

けれどそんな里沙にも、まったくなんの欲もないわけではなかった。

「私は、まず野村様はじめ皆様の役にたてるよう精進し、いずれは……」

「いずれは、なんじゃ」

「はい。御右筆に、なりとうございます」

豊から奥入りを勧められた時から、里沙はずっと御右筆になれたらいいなと思っていた。

「右筆か。それは、お豊がいるからか？」

「それも理由のひとつではありますが、亡くなった祖母が言ってくれたのです。私の文は、心を温かくすると」

何より一番大きく里沙に影響を与えたのは、祖母の言葉だった。

『そなたの文は、読む者の心を温かくする優しさがある』

今思えば、それは何の取り柄もない自分のために言ってくれた祖母の優しさだったのかもしれない。それでも当時の里沙はほんの少し、極々僅かだけれど、祖母の言葉が小さな自信に繋がったのだ。それ以来、豊に送る文を書く時はいつも心が躍った。

「それに、私は文字を書くことが好きなので」

大奥での役職については自分に選ぶ権利など当然ないのだが、選べるとしたら確実に御右筆だろう。

「なるほど。ではそなたの願いを果たすためにも、今与えられた特別な役目をしっかりと最後までこなさねばならぬな」

「はい。精進いたします」

真っ直ぐ自分に向けられた野村の視線に、里沙の背筋は一層伸びた。

朝の総触れまであと四半刻。昨夜の約束通り、里沙は豊の部屋にいた。

開け放った襖の先で、橙色に染まった落ち葉がはらはらと舞い落ちる。縁側には、佐之介と幼子が里沙を見守るように部屋のほうを向いて立っていた。

「十年から十一年前にお生まれになった若君は二名いらっしゃるのだが、お里沙の言う亡霊の可能性はまずない」

豊は詳細までは語らなかったが、つまりその二名の若君は今も生きているか、もしくは幼子の歳よりももっと早くに逝去されているということだろう。

「そうですか……」

そう言われるであろうことはどこかで分かっていたため、驚きはしない。だが、もしかしたらと僅かな期待を抱いていたぶん、該当する側室がいなかったことに里沙は落胆した。

これで益々、自分の見解が真実に一歩近づいてしまった。

けれど、どちらにしても幼い子供が成仏できないまま彷徨っているという現実は変わらない。誰の子供であろうと、里沙がやらなければならないことはひとつだけだ。

「また何かあれば私が野村様に掛け合うゆえ、そう気落ちするでない。亡霊とやらも、咎人でないのならいつかは成仏するであろう」

里沙はこれまで、どうにか成仏させてやりたいという思いだけに駆られていたのだが、今はその考えが変わっていた。成仏させるというよりも、ここにいる幼子が忘れている大切な記憶を、思い出させてやりたい。

そんな強い気持ちを抱きながら、ふと幼子に目をやった刹那、幼子の丸く愛らしい瞳からたちまち涙が溢れてきた。

「坊、どうかしたのか」

それに気づいた佐之介が声をかけ、幼子の肩を抱いたけれど、泉のように湧き上がる涙はいっこうに止まらない。

「では、また何かあれば――」

「お豊様」

話を終えようとした豊の声を断ち切るように、里沙は呼び止めた。

「お豊様は昨日、おっしゃいましたよね」

里沙は手に持っていた包みを開き、豊に見せた。そこにのっているのは、風花堂で購入した芋ようかんだ。

『最後にもうひとつ、お聞きしたいのですが……。お豊様は、風花堂の菓子がお好きでしたよね』

『えぇ、昔はよく買っていました。それがどうしたのです』

『中でも芋ようかんは、甘すぎなくて美味しいと、お豊様から送られてきた文に書かれていたのを思い出しました』

『あぁ、そんなことを書いたかもしれぬ』

それは昨夜、里沙が豊に向かって最後に問いかけた言葉だった。

「もしや、私のために買ってくれたのか？」

芋ようかんを受け取った豊は、どこか切なげに目を細め、ようかんを見つめながら口角を僅かに上げた。

「いえ、これはもう一人、別の者が好きだと言ったから買ったのです」

「別の者？」

初めて会った時と同じように、両手で顔を覆って咽び泣いている幼子に一度目を向けた里沙は、静かに息を吸い込んでから言った。

「お豊様。成明《なりあき》ちゃんは、今も……お元気なのですか？」

その瞬間、豊は目を見張った。幼子はピクリと小さな体を震わせ、佐之介は泣いている幼子の肩を強く抱く。

「どういう……意味です」

凛としているはずの豊の瞳が大きく揺れ、平静を装うその顔は、苦痛に歪んでいるようにしか見えない。

「いつからか、お豊様は文に成明ちゃんのことをお書きにならなくなりました。それは、離れて暮らしているからだと思っていたのですが」

里沙は城へ上がる時、豊からもらったたくさんの文の束を、大切な私物として一緒に持ってきていた。

昨晩里沙が眠らなかったのは、その文をすべて読み返していたからだ。

そして、その中から見つけ出した二通の文に、里沙は幾度となく繰り返し目を通した。

一通は、豊が奥入りする前に、もう一通は奥入りした数年後に送ってきた文だ。

「あの文を読んだ当時の私では、お豊様の真意を理解するに及びませんでしたが、今なら分かります。お豊様、本当のことをお教えくださいませ」

その場に腰を落とした里沙は、両手をつきながら豊を見上げた。

目の前にいるお豊は、大奥御右筆の顔などではなく……。

「成明は……――」


【できるのなら、お里沙の目にしか映らないそれに、私はなりたいのです】


【お里沙、私は雪が好きです。

粉雪が舞う朝に、大切な宝物をこの腕の中に抱いたから。

けれど、雪が嫌いなのです。

綿雪が舞う日に、大切な宝物が消えてしまったから……】

＊＊＊

御家人の長女として生まれたさよは、二十一歳で嫁ぐこととなった。

さよがこの歳まで縁談を受けなかったのは決して器量の問題などではなく、早くに父をなくし、女手ひとつでさよと兄を育てた母を支えるため。そして、姪の身を案じていたからだ。

本当は嫁に行く気などなかったのだが、家の主である兄はそれを許さなかった。

さよが嫁いだのは、浅草橋を渡ってすぐの茅町《かやちょう》にある紙問屋だった。大店ではないが、江戸城にも紙を献上したことのある老舗だ。そこの主人がさよの見目に惚れ込んだのだが、さよを娶るために多くの支度金が用意されることとなったため、兄はそれを迷いなく受け入れた。

さよの気持ちなどお構いなしに進んだ縁談は、もはやさよの我儘で破談にできるものではなかった。

「叔母様、どうかお仕合せに」

目に溜めた涙をこぼさないようにと、必死に唇を噛んでそう言ってくれた姪。その小さな手を握ったさよは、最後に姪と文を送り合う約束を交わし、家を出た。

紙問屋を支える内儀としての暮らしは、想像以上に多忙であった。

商いについては何も分からない状態で嫁いだのだが、義母の指導のもと、少しずつ学びながら家事をこなす毎日。

結婚前は、好きでもない相手と一緒になることや商家に嫁ぐことに大きな不安を抱えていた。けれど、目まぐるしく過ぎていく日々の中で、さよを大切にしてくれる夫や厳しいけれど優しさを持った義母、毎日明るくいきいきと働く奉公人たちに支えられ、さよは当初の不安をよそに充実した日々を過ごしていた。

そして、そんなさよにとって人生で最も幸福な瞬間が訪れたのは、嫁いでから僅か一年後のこと。

粉雪が舞う朝、さよは元気な男の子を産んだ。

名は〝成明〟。

産まれたばかりの小さな息子を両手に抱きながら二階の窓に目を向けたさよは、ちらちらと舞い落ちる白い雪を見つめて言った。

「生まれてきてくれてありがとう。そなたがずっと笑っていられるように、母はこの先、何があってもそなたを守り抜きます」

ただただ、生まれてきた我が子の仕合せを希《こいねが》う。それが己の、さよという母親の仕合せなのだから――。

仕事と家事と子育てに追われ、弱音を吐きそうになることもあったけれど、それでもさよの心は大きな幸福に満ちていた。

家族が温かく、時に厳しく見守る中で、日に日に成長していく我が子を見ることが、さよにとって何よりの喜び。小さな体を抱いてしまえば、その日の疲れなど一瞬にして吹き飛んだ。

我が子のためなら、さよはどんな苦労も厭わなかった。


「おさよ、今日は何を書いているのだ」

文机に向かっているさよのうしろで、横になりながら夫が聞いてきた。

「あっ、すみません。今消します」

手元を照らす行燈の灯りが、疲れている夫の眠りを妨げていると思ったさよだが、夫は「気にしなくていい」と笑った。

「続けなさい。そなたの姪も、きっと楽しみにしているだろうから」

「はい。ありがとうございます」

ふと横を見ると、もうすぐ五歳になる我が子が小さな寝息を立ててすやすやと眠っている。さよの夫は息子の頭をそっと撫でてから、再び床に就いた。

そんな二人を微笑ましく見つめたさよは、机に向き直って筆を走らせた。

一月か二月に一度程の頻度で姪に文を送っているのだが、息子が生まれてからというもの、さよが書く内容はほとんどが息子の成長のことばかりだ。

今日は息子が初めて木に登り、降りられなくなって泣いてしまったこと。明日は富岡八幡宮の祭礼に連れて行くということなどを、文に書き綴った。


「母上！　見て見て！」

さよが抱き上げると、成明は正面に見える御神輿を指差して声を上げた。その大きな目は太陽の光を浴びて一層キラキラと輝いている。

「成明も、大きくなったら御神輿を担げるといいですね」

「ぼくもできるかな」

「できますよ。ただし、父上の言いつけをしっかり守って、嫌いな野菜も食べられるようになったらです」

「うん、ぼくなんでも食べる！」

嬉しそうに声を弾ませる小さな我が子の目に、御神輿はどう映っているのだろうか。きっと、大人が思うよりもずっと大きく、ずっと煌めいて見えているに違いない。

さよは息子の手をしっかりと握りながら、日が傾く前に人で溢れ返っている境内を抜けた。

「母上、芋ようかんを買っていきましょうよ」

富岡八幡宮を出て本所から両国橋を渡ったさよは、成明に言われて足を止めた。

「成明は本当に、風花堂の芋ようかんが好きね」

「好きなのは母上のほうではないですか」

「では、二人の好物ですね」

互いに見つめ合い穏やかに微笑んだ親子は、家族や奉公人の分も芋ようかんを購入し、風花堂をあとにする。

浅草橋を渡りふと振り返ると、背後から迫りくる炎のような紅の夕焼けが、さよの目には美しく咲き誇る牡丹に見えた。

「母上？　早く帰って父上と一緒に食べようよ」

「えぇ、そうね。帰りましょう」

成明の小さな手を握り歩いているだけで、静かに流れる川のような日々は何にも代えがたい幸福であった。


それから三月経った霜月は十五日。

さよの家では二十日後に五歳となる成明の、袴着の儀が行われた。

碁盤の上に立った成明は吉方を向き、女中たちに手伝われながら慣れない手つきで袴に着替える。

初めて見る我が子の袴姿はとても誇らしげで、けれどまだまだあどけない。

皆に成長を祝われている成明は、さよのほうを見てにっこりと笑った。つられて微笑むさよの目に浮かぶ涙は、紛れもない至福の証であった。

あと二年もすれば成明は手習いに通うようになり、さよの手を離れる時間も増えるけれど、きっと今よりもずっと書が上手くなることだろう。

背丈も少しずつ高くなり、十二、三歳になれば、跡継ぎとして商いを学ぶことになる。

母の背を越した成明は、いつの間にか母の手を借りずとも、一人でどこへでも歩いて行けるようになる。

そして、思いやりに溢れる大人へと成長した優しい成明が、「ゆっくり歩きましょう」と、老いた母の手を取ってくれることだろう。

想像するとほんの少しだけ寂しい気持ちになるけれど、それよりも息子の未来を思い描いた瞬間、さよの心はこの上ない喜びでいっぱいになった。

大切な息子が歩んでいく未来には、幾多の幸福が待っている。そのはずだった。

けれどその未来は、永遠に訪れることはなかった――。

「成明、大丈夫ですよ。母がずっとここにいるから、しっかりしなさい」

袴着の儀から僅か一月後、成明は流行り病に罹かり病臥した。

高熱が下がらないまま五日が経過。その間、成明は真っ赤な顔を歪め、苦しそうに唸り続けた。

さよもまた、寝ずに成明の手を握り、必死に祈り続けていた。

この命を差し出す代わりに、どうか息子をお助けください。子供の命が助かるのなら、自分はどうなろうと構わない。

今後、どんなことがあろうと神に頼ることはいたしません。どんな困難に直面しようと、耐えてみせます。だからどうか、一生に一度のこの願いを、叶えてくださいませ。どうか、どうか。

そして、食事はもとより水さえも口にできなくなって更に一日が経過した日の朝。必死の看病や祈りも虚しく、成明は息を引き取った。

「そんな……。目を覚まして、成明。母はここにいますよ。ほら、起きて朝ご飯を食べましょう。そなたの大好きな芋ようかんも買いに行きましょう。見たいと言っていたお芝居も、一緒に見に行きましょう。だから、母の手を握っておくれ。いつものように、強く握って……――」

だがどれだけ語りかけても、成明が手を握り返してくることはなかった。

夫も義母も奉公人も、全員が涙を流して悲しみに暮れる中、さよは一人、家を飛び出した。

神は、さよの祈りに応えてはくれなかった。

なぜ……――。

この世には、人を殺めてもなお、息を潜めてのうのうと生きている悪人もいる。

人を傷つけ、苦しめる悪人もそこらじゅうにいる。

それなのに、なぜ善良で純粋無垢なたった五歳の子供が、死ななければならないのだ。

なぜ、我が子なのだ。

ふと見上げると、まだ夜が明けたばかりの空からは、綿雪が降り注いでいた。

自分に向かって落ちてくる冷たさを感じながら、さよは心に深く刻んできたひとつひとつの幸福を思い返した。

さよの足につかまって立ち上がった時のこと。

「はは」と初めて言葉を発した時のこと。

おぼつかない足取りでさよのあとをついて回った時のこと。

庭を元気に駆け回った時のこと。

初めて筆を持って文字を書いた時のこと。

体調を崩したさよのために、小さな握り飯を作ってくれた時のこと。

産まれたばかりの愛おしい小さな体を、この手に抱いた日のこと。

「成明。母はずっと、ずっと、そなたを愛しています……」

さよの目からこぼれ落ちた悲しみの雫は、薄く積もった白い雪の中へと溶け込んでいった……——。


この時代、幼くして亡くなる子供は決して少なくないが、まさか自分の子が僅か五年で命を落とすなど、誰が想像しただろう。

さよ自身はもちろん、夫も義母も親族も奉公人も、誰もが成明の死を悲しんだ。

しかし、さよを襲った不幸はそれだけにとどまらなかった。

「なぜそなたは、子を一人しか産めなかったのだ」

未だ悲しみの中にいるさよに向かって義母が放った言葉は、あまりにも残酷だった。

さよも夫も子供を三人は望んでいたのだが、授かったのは成明一人。それでも成明が自分たちのもとに生まれてきてくれただけで、じゅうぶんだった。

「跡取りがいなくなった今、夫が妾を囲っても文句は言えまい」

「そもそも年増のそなたを嫁にしたのが間違いだ」

毎日浴びせられる義母からの心無い言葉も、突然よそよそしくなった奉公人たちの態度も、今のさよにはどうでもよかった。

それよりも、何よりさよを傷つけたのは、ずっと優しかった夫からのひと言。

「息子が死んだのは、お前のせいだ」

悲しみのあまり、どこに向けていいのか分からない思いを、ついさよにぶつけてしまっただけなのかもしれない。本心ではない。夫もつらいのだ。さよはそう必死に自分へ言い聞かせた。

けれど夫の言葉は、心にぽっかりと空いてしまった穴に、冷たい氷の柱を突き刺されたような衝撃と悲しみをさよに与えた。

その後、離縁を言い渡されたさよは素直に受け入れ、成明が亡くなってから三月後に家を出た。

これまで尽くしてきたさよに対して酷い仕打ちをした夫や義母のことを、憎いとは思わなかった。人格が変わってしまうほど、成明の死は二人にとっても大きな衝撃だったのだろう。それだけ二人も、成明を愛していたのだ。

けれど、さよにとってはすべてどうでもいいことだった。

大切な息子を亡くしたさよの心は、空っぽだった。賑わう江戸の騒音も、風の冷たさも、何も感じない。

その後さよは、実家には戻らず母に頼んで長屋を借りた。今の自分が誰かと共に暮らすなど、考えられなかった。それがたとえ実の母だろうと、大好きな姪だろうと、一緒にはいられない。なぜなら、毎夜毎夜息子を思い出して泣いてしまうからだ。

さよは仕立ての内職をしながら一人細々と暮らしていたが、姪に文を送ることだけは忘れなかった。

息子が亡くなり離縁されたことを母は知っているが、他の家族には話していない。いずれ兄には知られてしまうかもしれないが、今はこうするしかなかった。

特に姪には余計な心配をかけたくなかったため、何ごともなかったかのように文通を続けていた。

けれど一度だけ、さよはこんなことを文に書いてしまった。

【できるのなら、お里沙の目にしか映らないそれに、私はなりたいのです】

まだ十二歳の子供に対して何を書いているのだと思ったが、無意識のうちに筆が勝手に動いていた。だがきっと、この文面に込めた意味に気づかれることはないだろう。

このまま悲しみの中で生きるより、いっそ息子のところへ逝ってしまいたい。

暗闇の中を彷徨い続けるさよが本気でそう思いはじめていた時、長屋へやって来た母が思いもよらないことを告げた。

「そなた、奥勤めをしてみてはどうか」

その言葉を理解するのに少しだけ時間がかかったけれど、このままではいけないということだけはさよにも分かっていた。

自分の中にある悲しみは、幾度季節を繰り返そうと決して消えることはない。ならば、どうすればいいのか。

考えた末、さよは母の申し出を受け入れることにした。これまでとはまったく異なる環境の中、新しい日々を過ごすことで、この悲しみから逃れられるのではないかと思ったからだ。

そして、母の力添えによって旗本の養女となったさよは、二十七歳で城へ上がった。

最愛の息子を亡くした母親である自分はこの場に置き去り、城へ上がった自分は一人の奥女中として生まれ変わる。

忘れよう。

その顔も、声も、名前も。

愛していたことさえも、すべて――。

「そなたの名は、今日より〝豊〟じゃ」

大奥に入った女中は、大奥での名前を新たにもらうことになる。

自分はさよではなく、豊となった。

これでいい。忘れることでしか、この悲しみを乗り越える術はないのだから――。

＊＊＊

「──成明は、今も……」

そう言いかけて、豊は口を噤んだ。

「もしかすると、成明ちゃんは」

「黙りなさい！」

先の言葉を遮るように、豊は珍しく声を荒らげた。心配した部屋方が襖を少し開けて中をのぞいたが、豊はそれに気づいていない。

「申し訳ございません。ですが」

里沙は、佐之介の隣にいる幼子に視線を向けた。涙はもう流れていないが、愁いを帯びて濡れた瞳は間違いなく真っ直ぐ豊に伸びている。

小さな拳をぎゅっと握っている幼子の心は今、何を思っているのだろうか。分からないけれど、恐らく……。

「これから私は総触れに参りますので、そなたはもう戻りなさい」

「しかし」

総触れは朝の挨拶のために将軍と御台所が揃う大事な行事。遅刻は許されないため、里沙は伸ばしかけた手を戻し、逸る気持ちを必死に抑えた。

部屋を出た豊が縁側でうつむいている幼子の隣を横切ると、甘い香のような匂いが優しい風にのり、すれ違う二人の間を通り抜ける。

すると、数歩進んだところで豊は突然足を止め、徐に振り返った。

何を思って足を止めたのか、なぜ振り返ったのか、その視線は誰を見ているのか。

（お豊様）

疑問に思った里沙がそう声をかけるよりも前に、豊は小刻みに震える唇を開いた。

「成……明……」

漏れる息と共に発した小さな声が、里沙の耳に届く。

すると、ぐっと唇を噛んだ幼子は豊を見つめたあと、縁側から庭に飛び降り、そのまま走り去った。

「あの子をお願いします！」

「分かった」

佐之介が後を追うと、誰もいない空間に向かって声を上げた里沙に、たまたま廊下を歩いていた女中数名が一斉に視線を注いだ。けれど里沙は、誰に何を思われようと今はどうでもよかった。そんなことよりも、幼子が去った瞬間に豊の体が少しだけ前のめりになったのを、里沙は見逃さなかった。

けれどおかしい。幼子は亡霊なのだから、豊には見えないはずだ。

　里沙は、縁側で立ち止まっている豊と向き合った。立ち方ひとつとっても変わらず雅やかで、目の前にいる豊に動揺は見られない。けれどその瞳は、ほんの僅かに視点が定まっていないようにも見える。

　豊は話をする時、必ずしっかりと目を合わせる人だ。相手が幼い子供であっても、気持ちを理解しようと寄り添うように見つめるその目が里沙は好きだった。

「お豊様には、見えたのですか？」

　里沙が問うと、豊は静かにかぶりを振った。

「いいえ、何も。何も見えなかったのに、なぜあんなことを口走ってしまったのか……」

　豊が口に出した成明という名は、豊の子の名前だ。

　見えなくても何か感じ取って無意識に名を呼んでしまったというのなら、やはりあの幼子は。

「叔母様、もしや私が出会った幼子の亡霊は――」

「お里沙、私は叔母ではなく右筆の豊です。ここではお豊様と呼びなさい」

「申し訳ございません、お豊様。ですが」

「遅れは許されぬゆえ、もう行きます。そなたはそなたのやるべきことをしなさい」

　そう言って足早に去っていく豊は、無理に平静を装っているように見えた。

　恐らくあの幼子は、豊の亡くなった子、成明なのだろう。そうでなければ見えないはずの豊が、幼子のほうを見て名を呼んだことの説明がつかない。

豊がどれだけ自分の子を愛していたか、それは里沙もよく知っている。豊から送られてくる文には成明の成長ばかりが綴られていたからだ。

初めて話したこと、這って動いたこと、ご飯を食べたこと。里沙は文を読んでいるだけなのに、共にその成長を見守っているかのような気持ちになれた。それだけ豊の文には、成明への愛がつまっていたのだ。

だから、見えなくてもきっと豊は気づいたのだろう。この世で一番大切に想っていた子が、すぐ近くにいて自分を見ていたことを。

それに、涙を浮かべて走り去ってしまった成明も同じだ。顔を見て声を聞き、名前を呼ばれたことで、失くしてしまった記憶がよみがえったのかもしれない。

もしも本当に幼子が成明だとするなら、豊の文にあった悲しい一文の意味を、里沙は今になって理解した。

豊は他の家に嫁いだ身、忙しさも相俟って、そうそう簡単に実家に顔を見せに戻ることなどできない。そのため里沙が成明を見たのは、赤ん坊の時の一度きり。だが幼子の顔を改めて思い浮かべてみると、その丸い目や可愛らしい鼻は、赤ん坊だった成明の面影を残しているような気がした。

部屋に戻った里沙は、いつも通り部屋方としての仕事を続けた。しかし、どう頑張ってもいつも通りというわけにはいかない。

幼子を追いかけた佐之介は今、泣き疲れて眠ってしまっている幼子を抱えて部屋の隅に座っている。

時折佐之介に目を向けるけれど、話をするわけにはいかないので、二人にできるのはただ視線を合わせることだけだ。

佐之介と話したいという気持ちを抑えながら仕事をしていたが、成明と豊が互いに見せた切なげな瞳が頭から離れず、どうしたら母子二人の心を救ってあげられるのか、そのことばかりを考えていた。

「お里沙、ちょっとこっちに来てくれる」

朝の掃除を終え、昼食の下ごしらえを手伝い、一段落ついたところで松に声をかけられた。梯子を上る松のあとに続いて、里沙も二階へ上がった。二階は部屋方が就寝する場所なので、日中の忙しい時間にこの部屋を使うことはあまりない。

「どうかしたのですか？」

里沙が言うと、松は無言のまま箪笥に向かい、ごそごそと何かを取り出してから部屋の中央に座った。

座れと言われたわけではないが、里沙は自然と松の前に腰を落とす。

「目を瞑りなさい」

「えっ？」

「いいから、早く」

戸惑いつつも、里沙は素直にそっと目を瞑った。

「口開けて」

松の指示に従って恐る恐る口を開いた瞬間、突然小さな何かが口の中に飛び込んできた。

一瞬驚いたけれど、すぐにその正体に気がついた里沙は、目を瞑ったままゆっくりと噛んだ。

サクッとした優しい音と共に、上品な甘さが広がる。その甘さが、里沙の心をなんだかとても穏やかな気持ちにさせてくれた。

「どう？　ちょっとは落ち着いた？」

瞼を開くと、松の手には予想通りの小さな蓋物が握られている。里沙が口にしたのは、城へ上がったその日、戸惑いと不安で硬くなっていた里沙の心を解してくれた金平糖だった。

「お豊様の部屋から戻って来たと思ったら、お里沙ってばずーっと難しい顔をしてるんだもん。手はしっかり動かしていたけど心ここにあらずで、私が声をかけても聞こえてない時が何度もあったし」

「も、申し訳ございません」

松の呼びかけを聞き流した覚えはまったくなかったが、恐らく呼ばれていることに気づかないほど別のことに頭が向いてしまっていたのだろう。

「別に責めているわけじゃないのよ。女中だって人間なんだから、他のことを何も考えずに四六時中ずっと集中していられるわけないし。私だって、別のことを考えて呆けてしまうことがあって、よく野村様に叱られるもの」

普段はあまり口うるさくない野村だが、怒ると怖い。なのでそういう時は「新しいお衣装をお召しになった野村様を想像していたら、あまりの美しさに、ついぼーっとしてしまいました」と言って誤魔化すのだと松は笑った。もちろんそんな松の言い訳に野村が気づかないはずはないが、大抵は笑って許してくれるらしい。

戯れなのか実際にあったことなのか分からないが、おどけたように話す松に、重くなっていた空気が少しだけ和らいだ気がした。

「何があったのかなんてことは聞かないし、言わなくていいよ。女中にはそれぞれ〝事情〟ってもんがあるし。だけど、どんな事情があっても任された仕事だけはしっかりやらなきゃいけない」

「はい。申し訳ございませんでした。お松さんや皆さんに迷惑をかけないよう、今後はきちんと――」

「違う違う、私が言いたいのはそういうことじゃないよ」

猛省する里沙の言葉を遮った松は、ピンと張った糸を断ち切るかのように里沙の肩をぽんと叩いた。

「部屋方の仕事は、野村様のためにみんなで協力してやれることでしょ？　でも、お里沙は野村様になんて言われたの？　あなただけが言われたことよ」

「野村様に、私が……」

しばし考えた里沙は、はっと顔を上げた。

御火の番の亡霊騒ぎの時は、『解決し、証明してみせよ』と。そして幼子の亡霊のために外出したいと願い出た時は、『そなたにしかできないお役目の一環として、許可を与えるのだ』と、そう言われた。

「思い出した？」

松の問いかけに、里沙はコクリと頷く。

「初めて会った日、お里沙はガチガチに硬くなった顔を私に向けて、役に立ちたいって何度もそう言ったでしょ？　だったら、あんまりあれこれ深く考えずに、お里沙にしかできないことをお里沙なりにやればいいのよ。野村様のお墨付きもいただいてるわけだし」

「お松さん」

「あらあら、またそんな猫みたいに潤んだ愛らしい目で見ないでよ。私は別に泣かせようと思って言ったわけじゃないんだから。ねぇ、佐之介は近くにいるの?」

部屋の中を見回しながら松が言うと、「ここにいる」と言って佐之介が幼子を抱きかかえながら梯子を上ってきた。

「今、二階に上ってきました。ここにいます」

里沙は自分の隣を示しながら松に伝えた。

「亡霊って、梯子上るの? ふわーっと浮いて床をすり抜けて上ったりするんじゃないの?」

松が興味深げに聞いてきたので、里沙は佐之介にちらりと目を向けた。

「そうすることもできるが、俺は自分の足で歩くほうが好きなんだ」

そういう亡霊らしい佐之介の姿を里沙は見たことがなかったけれど、ふわふわ雲のように浮いている佐之介を想像したら、なんだか似合わなくて笑ってしまった。

そんな里沙を見て松はきょとんとしているが、笑顔が見られたことにホッとしたのか、つられて松もクスッと笑った。

「何を笑っているのかよく分からないが、お里沙が愉快ならそれでいい。お里沙は笑っているほうが似合うからな」

そう言って、佐之介は春風のような笑みを浮かべた。季節外れの風が、里沙の胸をほんの僅かに高鳴らせる。

「えっと、あの、浮くこともできるけど、佐之介さんは自分の足で歩くほうが好きだそうです」

最後の言葉はもちろん言わず、里沙は松にそう伝える。

「へぇ、浮いたほうが楽そうなのに。ま、そんなことよりも佐之介、お里沙が時々何もない場所を見て穏やかな顔をしてるのは、佐之介を見てるからでしょ？」

松に気づかれていたことを知った里沙は、顔から火が出そうになってうつむいた。佐之介は、「そうだ」とも言えず答えに困っている。

「お里沙のあんな平和を絵に描いたような顔を見たらさ、佐之介のことを信用するしかなくなるじゃない。この前は疑ったけど、お里沙の顔を見ていれば、きっといい人なんだろうなって思うし、今は私も信じる。だから、お里沙に力を貸してやってよね」

すると佐之介は、眠っている幼子の頭を自身の膝にのせたまま背筋を伸ばし、お松に顔を向けた。

「お松の言葉、しかと受け止めた。この先何があろうと、お里沙のことを支えていくと約束しよう。武士に二言はない」

その部分だけ記憶があるのか、それとも無意識なのか、どうやら佐之介は武士だったということで間違いなさそうだ。

それが佐之介の記憶を辿る手がかりになればいいのだが。

そんなふうに思いながら、里沙は佐之介の一連の言動を松に伝えた。

「よし、それじゃあ私は仕事に戻るから、何かあるなら今二人で話して心の中を少し整理しなさい。お里沙は二階で野村様からの大事な言いつけを遂行中だって言えば、誰も二階には上がらないから」

「お松さん、お気遣い本当にありがとうございます。お松さんの明るさも、いただいた金平糖も、私にとっては何やら本当に元気の出る魔法のように思えました」

お松はほんの少し照れ臭そうにはにかんで、梯子を下りていった。

残された里沙が振り返ると、眠っていた幼子が「ん……」と小さく唸り、目をこすりながら瞼を開いた。

ゆっくりと起き上がった幼子は、ここがどこなのか確認するようにきょろきょろと辺りを見回す。

「お話があります」

幼子の前に向き合った里沙は、今すぐ抱きしめてあげたいけれど、それができない悔しさを抱えながら口を開く。

「あなたの名は、成明。お豊様は、あなたの母君なのですね」

里沙の言葉に、佐之介は一驚を喫する。詳しいことは分からないが、先ほど目にした豊と幼子の反応に、二人に何らかの関係があるだろうことは察しがついていた。だが実際に里沙の口からそれを知らされた佐之介は、驚きを隠せない。

「成明、本当か？」

「……」

顔をのぞき込んだ佐之介の言葉に、成明は唇を強く結んだままうつむいた。

「あの時、お豊様が咄嗟に名前を呼んだのは、見えないあなたの気配を感じたからだと思うの。そんなはずはないと思いながらも本能で気づき、名を呼ばずにはいられなかった。私はそう思っています」

「……」

「私は、成明ちゃんが亡くなったことを知りませんでした。お豊様から文は変わらず届くし、成明ちゃんのことが綴られていなくとも、元気に過ごしているのだと思っていました。でも、もっと早くに気づくべきだった。ごめんなさい」

祖母が亡くなった時、豊はとても気丈に振る舞っていたため、成明がもうこの世にいないなどということは考えもしなかった。

思えば、実の母の死を前にしても豊が涙ひとつ見せなかったのは、すでに大きな絶望と悲しみを経験していたからなのかもしれない。

「成明ちゃん。もう一度、一緒にお豊様のところへ行きませんか？」

はっと顔を上げた成明は、潤んだ瞳を里沙に向けて激しく首を左右に振った。

「なぜ？　やっと思い出せたのに、どうして」

「違う、ぼくは……あの人のことは知らない……」

「成明ちゃん？」

「何も覚えてない。何も思い出せない。知らない！　ぼく、このままでいい！」

「あっ、成明ちゃん！」

立ち上がった成明は、里沙の呼びかけに立ち止まることなく、そのまま二階の縁側を走って行ってしまった。

すぐに追いかけようとした里沙の前に、佐之介が手を伸ばす。

「今はまだ人が多い。成明のことは俺に任せろ」

日中の大奥では、どこもかしこも忙しなく女中たちが行き交っている。そのため、見えない者を相手に里沙が動いたり、話しかけたり、大声で呼び止めたりはできない。その上、里沙は亡霊をさわれない。成明を見つけたところで、手を握ってやれないのだ。

「お里沙にできないことは俺がやると、そう言ったであろう。成明は必ず連れ戻すから、俺を信じろ」

「佐之介さん。分かりました。成明ちゃんのこと、よろしくお願いします。日が落ちてからまた話をしましょう」

沈みかけた瞳を佐之介に向けると、軽く頷いた佐之介は再び急ぎ成明のあとを追った。

——しかし、なぜ成明は拒絶したのだろうか。

何も思い出せないと言い放ったけれど、自分の名前をすんなり受け入れてしまっていることに成明は気づいていない。里沙が「成明」と名を呼んでもそれを否定しなかったのは、つまり聞き慣れた自分の名だと分かっているからだ。

ならば、母の記憶を思い出したのに否定する理由はなぜか。

三人で江戸の町を歩いた時も、芋ようかんを誰と食べたのか思い出そうとすると苦しいと言っていた。浅草橋を渡ることを嫌がったのは、その先に自分が育った家があることを本能的に察したからなのかもしれない。母や家族のことを思い出してしまうことが、怖かったのだろうか。でも、どうして……。

一瞬、成明が生きていた頃に、家族を拒みたくなるほどの何かが行われていたのかもしれないと思いそうになったが、その考えを里沙はすぐにかき消した。

そんなはずはない。豊からもらった文を見れば、豊がどれだけ成明を愛し、また成明もどれだけ母を愛していたのかがよく分かるのだから。

それならばなぜ、成明は知らないなどと嘘をつくのだろう。小さな成明の心の中には何があるのか、そして豊もまた、なぜ成明の話をしたがらないのか。なぜ耳を塞ぐようなことをするのか。

あんなにも、互いに愛していたはずなのに……——。

一日の仕事が終わり、里沙と佐之介は二階にいた。二階といっても女中が寝泊まりするいつもの広々とした部屋ではなく、入口の横にある階段を上った先の六畳一間だ。ここは普段物置として使っているので人の出入りはなく、話をするのには丁度いい場所だった。

成明のことは佐之介がすぐにつかまえたのだが、かなり動揺していたため、佐之介は成明を連れて一旦城を出ていた。戻ったのはつい四半刻ほど前で、成明は泣きつかれたのか、再び佐之介の膝の上に頭を預けて眠っている。

「――……愛しているから、ということはないか？」

「愛しているからというのは？」

成明のことを相談した里沙は、佐之介に聞き返した。

「記憶のない俺が言えることではないのだが、大切だから思い出したくないということもあるのではないか。生者同士であれば、思い出して抱き合うこともできる。だが亡霊と生者では」

佐之介の言葉が、里沙の心にずんと重く響いた。

成明はまだたったの五歳、しかも亡霊として長い間一人きりだったのだ。母親のことを思い出し、母親に会えたとしたら、まず抱きしめてほしいと思うだろう。けれど、それが不可能だと成明が悟ったのだとしたら、どれだけつらく苦しいことか。

本当は母の腕の中に飛び込みたいのに、それができない。断腸の思いに耐え、「知らない」と言ったのだとしたら。

里沙は言葉が出なかった。ただただ胸が張り裂けんばかりの悲しみに、視界が滲んでいく。

「だが、仮にそうだとしても、俺は成明がこのままでいいとは思わない」

「私も、このままでいいとは思いません」

ならばどうすることが成明のため、豊のためなのか。

二人が必死に思案していると、成明が瞼を擦りながら目を覚ました。だが、里沙の顔を見るなりすぐにまた逃げ出そうとした成明の手を、今度は佐之介がしっかりと握る。

「成明。そなたは本当にそれでいいのか」

常にそばにいて優しく見守っていた佐之介が、厳しい眼差しを成明に向けた。

「すぐそこに大切な人がいるというのに、自分を偽り、逃げ、何もせずにただ泣いているだけでいいのか」

「だって……ぼ、ぼく……」

佐之介から目を逸らし、膝を抱えてうずくまる成明の小さな姿に、里沙の胸は苦しいほどに強く締め付けられた。

「そうだけど、でも、母上はぼくのことを忘れて……母上がぼくを忘れていたから、ぼくも自分のことを、覚えていなかったんだ」

成明のその愛らしい瞳が、次第に涙で潤んでいく。

「そんなことない。忘れるはずありません。お豊様がどれだけあなたを大切に想っていたのか、どれだけ愛していたのかを私は知っているの。だから、きっととても苦しかったのだと思う。忘れたくないけど、そう思わなければいけないほどに」

もしかすると、佐之介の言った通りなのかもしれない。愛しているからこそ、豊は成明が生きているかのような文を里沙に送り続けた。大奥に入ってからは、忘れようと必死にもがいていた。愛しているからこそ。

「それならぼくは、もっと会いたくない」

「どうして……」

「だって、母上がぼくのことを思い出してしまったら、悲しませてしまうんでしょ？　泣いてしまうのでしょ？」

目に溜まった涙は、一度の瞬きと共に大粒の雫となってこぼれ落ちた。

その涙を目にした瞬間、里沙は成明と豊の想いをようやく理解したような気がした。

本当は、胸に空いた大きな穴が冷たくて寂しくて仕方がないのに、その想いを口に出してはいけないと、豊は自分に言い聞かせていた。成明もまた、本当は会いたくてたまらないのに、会えないと分かっているからこそ、こんなにも小さな体で必死に想いを閉じ込めているのだ。

二人とも、自分の気持ちを偽っている。何の未練もないのなら、成明が亡霊となって彷徨う理由はなく、すでに成仏しているはずだから。

成明の心を開いてやりたいと願う里沙は、一度目を伏せて自分の過去を振り返り、成明に視線を合わせた。

「成明ちゃん、私の話を聞いてください。私は、親に愛されずに育ちました。私の親は、私のことが嫌いなのです」

そう呟いた里沙のことを、成明と佐之介の視線が追う。

「私は、物心がついてから親や兄妹に名前を呼ばれた記憶がありません。名前を呼ぶことも躊躇われるほど、忌み嫌われていたのです。私が、普通ではなかったから。他の人と違う私を、親は認めたくなかったのでしょう」

「まさか、その目のことか」

佐之介の問いかけに里沙が頷くと、佐之介は見えない相手に対して目角《めかど》を立て、不快感を露わにした。

「ずっと思っていました。亡霊が見えるなど、言わなければよかったと。幼く無知だった私はとにかく怖くて、母に大丈夫だと抱きしめてほしくて、だから助けを求めました。けれど結局、お前は呪われた子だと吐き捨てるように言われ、それ以降、抱きしめてもらえたことは一度もなかった」

しかし、祖母がいたから里沙は生きてこられた。人を思う優しさを知ることができた。

「祖母がいなければ、私はきっと今ここにいなかったかもしれません。ですが、その祖母も三年前に亡くなってしまい、私は正真正銘一人きりになりました」

家族と共に食事をとることも、家族に話しかけることも禁じられ、納屋で一人過ごす日々。それでもいつか、人と違う部分も含めて認めてもらえる時が来ると信じ、里沙は家族のために働いた。掃除も洗濯も雑用も内職も、なんでも必死にこなしてきた。

けれどどれだけ求めても、普通ではない里沙を受け入れてくれる日などこなかった。

明るい未来など少しも見えず、暗い穴の中に一人残されたような絶望と悲哀を感じた。

「酷いな……」

ぽつりと落とした佐之介の言葉とは反対に、里沙は晴れやかな表情で微笑んだ。

「でも、そんな私を救ってくださったのが、お豊様。そなたの母君なのです」

「……母上が？」

「はい。お豊様は、私に大奥へ来ないかと言ってくださいました。私の目は呪われてなどいない。祖母と同じように、私の目は誰かを救うことさえできる〝特別な目〟なのだと言ってくださいました。お豊様は、私の母とは違います」

成明の目をしっかりと見つめながら、里沙は言った。

「お豊様は、亡霊となり見えないはずのあなたに向かって、『成明』とお呼びになられた。お豊様は忘れたいのではなく、忘れたふりをしていただけ。思い出したくないのではなく、思い出してはいけないとご自分に言い聞かせているだけなのです」

「で、でも、ぼくはもう、生きていない。死んでいるのに……」

「死んでいるからなんだと言うのですか。死者のあなたでは愛していないと？　そんなことは絶対にありません。先ほども申した通り、お豊様は普通ではない私を受け入れ、名前を呼んでくださった。生きる道を示してくださった。人と違うとか、生きているとか死んでいるとか、そんなことはきっとお豊様には関係ない。あなたの母君は、とてもお優しい方なのですよ」

耐え切れず、里沙の目から溢れ出た一筋の涙が頬を伝うと、成明はみるみる顔を歪ませ、声を出して泣き出した。

この世に生を享けた時のように、お腹が空いたと叫ぶように、抱っこしてほしいとせがむように。

想いのすべてを吐き出すかのように、成明は大声で泣き叫んだ。

『成明。母はずっと、ずっと、そなたを愛しています……』

死ぬ前なのかあとなのか分からないけれど、成明は自分の名を呼ぶ声を聞いていた。その声を、ずっとずっと探し求めていた。

それなのに忘れてしまっていたのは、つらかったからだ。豊が悲しい気持ちに押しつぶされないため心に蓋をしてしまったように、亡霊となった成明もまた、母の愛を求めてしまわぬよう、自分の名前を忘れた。母を忘れた。自分が何者か分からなければ、大切な人を思い出して泣くこともないのだから。

「お豊様も成明ちゃんも、互いを想っていたからこそ、きっと大切な想いを閉じ込めてしまわれたのです」

「でも、ぼく……死んでるから。死んでるのに、どうやって……」

大好きな人に抱きしめてもらうことはできない。成明は寂しそうに瞳を曇らせた。

成明に触れられない無力さが再び里沙の心を衝こうとした時、隣にいる佐之介が成明の手を握った。そして、里沙のほうへ目をやる。

「ほら、お里沙も手を」

「ですが、私は」

手を伸ばしたところで、佐之介と同じように成明の手を握ることはできない。

「さわれなくとも、想いは伝わる。お里沙が言いたいのは、そういうことじゃないのか?」

佐之介の短い言葉が里沙の胸を打ち、心の奥底に届いた温かい感情が、じわりと広がっていく。

里沙は手を伸ばし、そっと佐之介と成明の手の上に重ねた。

すると、触れることはできないのに、触れていないはずなのに、不思議と手のひらが温かくなっていくのを感じた。

この温かさは二人の体温ではなく、きっと心なのだと里沙は思う。誰かを思う優しさが温もりとなって、里沙の心に伝わってきたのだ。

「よく聞け、成明。お前にはまだ、大切な人に大切だと言える時間があるんだ。今やらなくてどうする」

「でも、どうすればいいのか……」

うつむく成明に対して、佐之介は優しく微笑みかける。

「俺たちには、お里沙がいるじゃないか」

「えっ？」

里沙が目を丸くすると、佐之介と成明の視線が里沙に向かった。

「他の者には決して見えなくとも、お里沙には見える。成明の声を、お里沙なら届けることができる。違うか？」

佐之介にそう言われた瞬間、里沙は目の前に閃光が走ったように感じた。そして、少しだけ考えたのち、成明を見つめながら口を開く。

「ねぇ、成明ちゃん。文を、書いてみない？」

「……文？」

手を重ねたまま里沙がそう言うと、成明は可愛らしく首を傾けた。

「そう。文なら声を聞けなくても、姿が見えなくても、気持ちを伝えることができる」

「でも、ぼくはまだ、ちゃんと書けない。死んでるから、きっと筆も持てないよ……」

きゅっと小さな唇を噛む成明に、里沙は微笑みかける。

「大丈夫。そのために私がいるのです。あなたの声を聞くことができる私が、あなたの母君への想いを代わりに書きます。文にしたためて、お渡しします。だから、やってみない？」

顔を上げた成明は、まだ涙の残る煌めいた瞳を里沙へと向け、大きく頷いた。

第五章　届けたい想い

二階の物置部屋に行燈を運び、置いてあった箱を机代わりにして、里沙《りさ》はその前に座った。

筆を握る里沙の横で、成明《なりあき》は時々声を詰まらせながらも一生懸命想いを伝えた。

まるで目の前にいる大切な母に語りかけるように、偽りも飾りも一切ない成明の素直な言葉を聞き、それを里沙が文字にして綴ること半刻。

里沙が静かに息を吐いて筆を置いた時には、五ツ半（午後九時）となっていた。

「終わったか」

ずっと見守っていた佐之介《さのすけ》がそう囁き、ふと二階の小さな窓の外に目を向けると、夜空には大きな丸い月が浮かんでいた。月の光に照らされた佐之介の横顔は、まるで浮世絵のように美しい。

「この文は、私が責任をもってお渡ししますので、一緒に行きましょう」

里沙が立ち上がると、成明は自分の指先をもぞもぞとさわりながら目を泳がせている。

不安が解消されたわけではないので、この文を読んだ豊《とよ》が何を思うのか、そう考えただけで気が気でないのだろう。

「大丈夫。成明ちゃんも知っている通り、お豊様は優しい方です。想いはきっと、伝わります」

里沙が体を屈めて成明に目線を合わせると、里沙の言葉を聞いた成明は覚悟を決めたように力強く頷いた。

梯子を下りると、そこには松《まつ》が待ち構えていた。時間がなく、まだ松には詳しい事情を話していないのだが、松は何も聞かずに里沙の肩をぽんと叩き、「頑張れ」とひと言だけ伝えて部屋に戻って行った。

野村《のむら》のいる居間のほうから、ほのかな抹茶のいい香りが漂ってきた。一服して一日の疲れを癒しているのだろう。

里沙は大切な文を懐にしまい、部屋を出た。

三の側に向けて長局の廊下を渡っていると、各部屋からは女中たちの伸び伸びとした朗らかな声が聞こえてくる。限られた自由時間の中で、女中たちは思い思いの時を過ごしているに違いない。

出仕廊下から三の側の廊下に入ると、正面から部屋方を二人連れて歩いて来る豊と丁度出くわした。里沙は廊下の端に寄り、頭を下げる。

「お豊様、今そちらにお伺いしようと思っておりました」

「何用です？」

今日の出来事などすべてなかったかのように、そこにはいつもの凛とした強い眼差しの豊がいた。

「お豊様にお渡しするものがあるのです。できれば、あまり人がいないところでと思っているのですが」

もう一度頭を下げると、里沙のうしろに立っている成明も真似をして小さく頭を下げたあと、すぐに佐之介の陰に隠れた。

「それは、今でなければならないのですか？」

「はい。今すぐに、渡しとうございます」

真意を探るような厳しい眼差しに、里沙もまた実直な視線で応えた。

「分かりました」

やがてそう言って廊下を進んだ豊は、自分の部屋の縁側で立ち止まり、誰も近づかないよう部屋方に伝え、襖を閉めた。

「お里沙、ここへ」

豊に言われた通り、里沙は縁側に腰を下ろした。里沙の左に豊、右には成明が座っていて、佐之介はうしろに立っている。

大奥には桜が咲くと花見などの行事が行われる広い庭もあるけれど、長局の各部屋の前にある庭は小さく殺風景だ。けれど見上げれば、美しい銀の盆を浮かべたような月が輝いているため、間もなく師走を迎える今宵の空は幾分か明るい。

「それで、渡すものとはなんですか？」

包み隠さず話すつもりではいるが、亡くした子が亡霊となってここにいるなど、本当に信じてもらえるだろうか。一抹の不安が過るけれど、成明は確かにここにいる。

豊ならきっと。そう思いながら里沙は深く息を吸い、口を開いた。

「御火の番の騒ぎで私が出会った亡霊は、間違いなく……成明ちゃん、お豊様の亡くなられた御子でした」

ほんの僅か、瞬きをしていたら見逃してしまうほど一瞬だったが、お豊は目を見張った。けれど何も言わず、そのまま黙って里沙の言葉に耳を傾ける。

「お豊様は、私に言ってくださいました。私の目は呪われてなどいないと。それでも私は自分の目が、自分が嫌いでした。けれどここ大奥で、孤独に耐えながら彷徨っている亡霊に出会えたことで私は初めて、私にしかできないことがあるのだと確信したのです。それが、これです」

里沙は、懐から一通の文を取り出した。

「お豊様に声を届けることのできない成明ちゃんが、その想いを私に告げてくださり、私がそれを文にしたためました。ここには、成明ちゃんの想いが詰まっております」

そう言って手渡すと、受け取った豊の手は、少しだけ震えていた。


〝母上、ぼくはまず、母上に謝らなければなりません。

五年しか生きられず、ごめんなさい。

母上を泣かせてしまったこと、ごめんなさい。

母上を一人にしてしまったこと、ごめんなさい。

忘れなければならないほど悲しませてしまって、ごめんなさい。

ぼくが亡霊となって目を覚ました時、いつもそばにあったはずの温かいものが見つからなくて、ぼくは随分と泣きました。

そのせいで、大奥で働く人たちを怖がらせてしまったこと、ごめんなさい。

でも、どんなに泣いても自分のことや母上のことが思い出せなくて、また泣きました。

だけど、母上がぼくの名を呼んでくれた時、ぼくは忘れたのではなくて、忘れようとしていたことを思い出したのです。

今は、自分のことも母上のことも、全部思い出しました。

不思議なことに、とても小さかった頃のことまで覚えているのです。

初めて光を見た時、母上がぼくを抱きしめてくれたこと。

生まれてきてくれてありがとう、という母上の声も。

ぼくの手を握って、一緒に歩いてくれたこと。

ぼくが初めて自分の名前を書いた時、母上がとても褒めてくれたこと。

一緒に大きな御神輿を見たこと。

一緒に甘い菓子を食べたこと。

何もない川沿いの道を、二人で笑いながら歩いたこと。

母上が寝込んだ時、早く元気になるように祈ったこと。

母上のために、手に米粒をいっぱいつけながらおむすびを握ったこと。

母上の腕の中はとても温かくて、母上の声はとても心地よくて、母上の優しい笑顔が大好きだったこと。

ずっとそばにいたかったのに、生きられなくてごめんなさい。

でも、母上の子供に生まれて、ぼくは本当に幸せでした。

ぼくは、母上のことを愛しています。もう忘れたりしません。

ずっと、ずっと、愛しています。

母上、最後にひとつだけ、わがままを言わせてください。

どうか、どうかもう一度だけ、名前を呼んでください。

そうしたら、ぼくはきっと……〟

この先は、どれだけ待っても成明自身、言葉が見つからなかった。その時になってみないと分からなかったのだろう。だから里沙も、あえて何も書かなかった。

愛に溢れた文を読み終えた豊の目から、長い間耐えていた涙がほろりとこぼれ落ちる。

「何を……何を謝ることがあるというのですか……――」

豊は文を握り締めながら、声を震わせた。豊の白い頬を伝う涙の雫が、月明りを浴びて宝石のように煌めいている。

「謝らなければならないのは、私のほうです。私は、日々溢れてくる悲痛な思いに耐え切れなかった。だから、逃げたのだ。尽きることのない落涙から逃れるため、私はそなたの母だった自分を捨てた。子を産み育て、子を心から愛したさよという人間を、捨てたのだ。けれど私は……」

悲しみは、時が経てば忘れられる。時がすべてを解決してくれるなどという言葉は、きっと大切な人を亡くしたことのない者が言ったに違いない。

日が昇り沈んでいく日々を何度繰り返そうと、それがたとえ百年続いたとしても、大切な人と過ごした日々は、永遠に消えることなどないのだから。

「私はずっと、忘れたふりをしていた。そうするしか、涙に耐える方法は見つからなかったのです」

豊の手の上に涙の雫が落ちると、里沙はそこに自分の手を重ねた。

「なぜ、耐えなければならないのです。泣いたって、よいではありませんか」

父もまた、よく「泣くな」と言っていたけれど、里沙はずっとその言葉が理解できなかった。

「なぜ泣いてはいけないのでしょうか。なぜ忘れなければならないのでしょうか。愛する我が子との幸せな日々を思い出して泣くことの、何がいけないのでしょうか。この先、寂しくて苦しくて泣きたい時は、私も一緒に泣きます。袖を絞り夜を明かしたとしても、昇る朝日を見た時に、成明ちゃんの可愛らしいお姿を思い出して笑えばいいのです。悲しみも喜びも、我慢する必要などない。忘れようと思う必要などないと、私は思います」

「お里沙……」

里沙もそうだった。大好きな祖母が亡くなり、狭く暗い部屋で一人過ごす時間はとてつもなく孤独で悲しく、怖かった。けれど、豊から文が届いた時は笑顔になれた。豊がくれる言葉に喜び、笑い、涙した。

悲しい時は泣き、嬉しい時は笑う。そんなあたり前の感情こそが、生きているということなのではないだろうか。

「お豊様。成明ちゃんは今、目の前にいらっしゃいます」

縁側から庭に下りた成明は、豊の前に立っていた。

お豊は顔を上げ、涙で輝く瞳を大きく開き、正面を見つめる。どんなに目を凝らしても姿は見えない。どんなに耳を澄ましても声は聞こえない。けれど、愛しい我が子の匂いを、微かな温かみを、お豊は感じ取った。

「成明……」

「はい、母上」

「成明……」

「はい。成明はここにおります」

「成明、母は、母はそなたのことを忘れてなどおらぬ。忘れたことなどない」

「はい、分かっています」

「母は、そなたのこと愛しています」

「はい、分かっています。ぼくも、母上を愛しております」

「母は、そなたの笑顔が大好きだった」

「ぼくも、母の笑った顔が大好きです」

「母は、日々大きくなるそなたを見るのが、嬉しくてしかたがなかった」

「ぼくも、少しずつ言葉が分かり、母と話ができるようになるのがとても楽しゅうございました」

「五つになり、袴を着た成明が、とても誇らしく思えた」

「はい。母上が嬉しそうにしていたので、ぼくも嬉しかったです」

「成明が生まれた時、この子を守ろうと誓ったのに、母はそなたを助けてあげられなかった」

「ぼくは、いつも母上に助けられていました。母上はいつもぼくを守ってくださっていた」

「成明、丈夫な体に産んでやれなくて、苦しい思いをさせてしまい、ごめんよ」

「謝らないでください。病は誰のせいでもありません」

「成明」

「はい、母上」

「成明、そこにおるのか」

「はい、ここにおります」

「母はただ、そなたが生きていてくれるだけでよかったのだ。ただ生きて、生きて……」

「母上……」

「母は、母は成明を愛しています。今もこれからもずっと、どれだけ遠く離れていようと、ずっと愛しています」

「はい。成明も、母上を愛しています。どこへ逝ってもずっと」

「成明……」

豊が立ち上がり手を伸ばすと、成明はその手を握った。

「今、握ってくれているのか？」

「はい。握っております」

「とても温かい。きっと、握ってくれているのであろう」

感涙にむせぶ里沙の視界は滲み、二人の姿をはっきりと捉えることはできない。それでも里沙は、豊と成明のことを、この目でしっかりと見つめた。

「成明、悲しかったであろう。寂しかったであろう。忘れたふりなどせず、母がもっと早くそなたにこの想いを伝えていれば、そなたはこんなにも長い間一人で泣くことはなかったのに」

「いいえ、母上。ぼくも同じです。思い出すと寂しくなるから、だからぼくは忘れていたのです。でも、お里沙がぼくを見つけてくれました」

「お里沙がいなければ、今もそなたは泣いていたかもしれぬ。私も、そなたとの大切な思い出を閉じ込めたままだったかもしれぬ」

「ぼくは字がうまく書けないから、お里沙が代わりに書いてくれたお陰で、本当の気持ちを言えました」

「お里沙が、成明も救いたいと申してくれたお陰だ」

二人を見ていた里沙は、静かに首を横に振った。決して自分の力などではない。二人が互いに想い合っていたからこそ、本当の想いを告げることができたのだ。

「母上、ちょっとお待ちください」

豊に声をかけた成明は、すっと佐之介の前へ歩み寄る。もちろん豊には聞こえないのだけれど、豊は流れる涙を拭いながら必死に気持ちを落ち着かせていた。

「佐之介」

腕を組んでうつむいていた佐之介は、柱から背を離して顔を上げた。

「佐之介の手は、大きくて好きだ。佐之介がいつもそばにいてくれたから、ちっとも怖くなかった。ありがとう、佐之介」

「別に、俺は何もしちゃいない」

佐之介はぐっと唇を噛み、強く眉根を寄せて涙を耐えた。

「佐之介も、きっといつか記憶が戻るよ。お里沙がいれば、きっと大丈夫」

そう言って微笑んだ成明の頭を、佐之介は大きな手でそっと撫でた。

「お里沙」

成明は、次いで里沙の前に駆け寄って来た。

「お里沙、ありがとう」

「いえ、私は何も」

「お里沙がいてくれたから、ぼくは母上の想いを知ることができたんだ。ぼくを救ってくれて、ありがとう」

成明にそう言われた瞬間、里沙の心に残っていた黒い霧が、心地よい風によって吹き飛んでいくのを感じた。

成明の言葉が里沙の心の深いところにまで届くと、涙が雪のようにはらはらとこぼれ落ちる。

『なんだその目の色は』

『気味が悪い』

『なぜ普通になれないのだ』

『お前など、誰からも必要とされぬ』

『呪われた子』

家族からぶつけられた毒は、一生消えないまま胸の中に巣食い続けるのだと思っていた。けれどその毒が今、ひとつひとつゆっくりと薄れていくのを確かに感じた。

「私のほうこそ、ありがとう」

涙で細くなった声で伝えると、成明は柔らかな笑みを浮かべ、豊の元へと戻って行く。

「母上、ぼくはそろそろ逝かなければなりません」

すると、見えないはずの豊が息を呑み、視線を成明へと真っ直ぐ向けた。

「お豊様、成明ちゃんは、もう逝かなければならないそうです」

里沙が、成明の言葉を静かにそっと伝える。

「そうか、逝くのか。逝かねばならないのか……」

死者をいつまでも現世に留めておくわけにはいかない。それが、成明のためでもあるのだ。

悲しくつらいことに変わりはないのだけれど、必死に忘れようと気持ちを偽っていた頃よりも、豊の心は穏やかだった。

「成明」

「はい、母上」

「そこにおるか、成明」

「はい、ここにおります」

「母は、これからもそなたを想って涙を流すであろう。何度も何度も泣くであろう。でもそれは、そなたを愛しているからです。だからどうか、母が再びそなたに会いに行く日まで、笑っていてほしい。母が泣いたら、『いつまで泣いているのだ』と笑ってほしい」

「はい。分かりました、母上。ぼく、笑っています。母上に会える日を楽しみに、ずっと笑っています」

透き通っていた成明の体が更に薄く、目を凝らさなければ里沙にもよく見えないほど透明になり、ふわりと宙に浮いた。

そして、冬の風に舞う花弁のように、ゆっくりと空へ昇っていく。

見えないけれど、分かるのだろう。お豊は我が子を抱くように、両手を空に向けた。

「成明……成明……」

「ありがとう母上。いつまでも、何度生まれ変わっても、ぼくは母上の子になります」

「成明、愛していますよ。ずっと、ずっと……」

「ぼくも、母上を愛しています。ずっと……——」

成明は、絹のように細く、鈴のように高く澄んだ声と共に寒天の月へと昇っていき、やがて静かに消え入った。

すると直後、ひんやりと冷たい何かが里沙の頬を掠めた。

「お豊様、雪です」

天を仰ぐ豊のもとへ、月光を背にした白雪がしんしんと舞い落ちてきた。

まるで、豊を包み込むように降り注ぐ白い光の粒、その美しさに里沙は言葉を失った。

「このような雪を降らすとは、我が子ながら粋なことをするではないか、成明は」

そう言って豊は、空を見上げながら涙し、優しく微笑んだ。


【私は雪が好きです。

粉雪が舞う朝に、大切な宝物をこの腕の中に抱いたから】

終章　御幽筆

翌朝、里沙《りさ》はこれまでに起こった亡霊騒ぎの全貌を野村《のむら》に報告するため、居間にいた。話ができるのは、総触れへ向かうまでの僅かな時間。その限られた中で、はたして信じてもらえるのかという不安が里沙の心を硬くした。それでも里沙にできるのは、包み隠さずすべてを告げることだけだ。

初めてこの部屋に入った時と同じ香の香りを聞きながら、里沙は野村に報告をした。

「――……幼子の亡霊は、昨夜成仏いたしました。私がこの目で見ていたので、間違いございません。今後、長局の廊下に響いていた幼子の泣き声は、もう聞こえてくることはないでしょう。ただ、また別の亡霊が出ないとは限りませんが」

野村を前にすると相変わらず緊張で時折声が上ずってしまうけれど、これまでの出来事を頭に浮かべながら手短に、けれど不足のないようなんとか言い切った。

しかし、問題はここからだ。

「そうか。だがやはり、それらを証明することはできないのであろう」

野村の言葉に、里沙は頭を下げたまま体を強張らせた。

その通りだ。この目で見たとしても、それを見えない者にいくら説明したところで、本当かどうかの判断は絶対にできない。けれど里沙には、真実を告げる以外の方法が見つからなかった。

どうしたらいいのか分からずうつむいていると、襖の外から声が聞こえた。

「豊《とよ》でございます。少し、よろしいでしょうか」

（お豊様？）

「入りなさい」

中に入った豊は襖を閉め、野村に向かって頭を下げた。

「野村様、恐れながら申し上げます。お里沙の申していることは、すべて真実です」

「そなたも見たというのか」

「いえ、私には見えません。ですが、分かります。成仏したのは私の息子である成明《なりあき》でした。だから、見えなくとも感じることができるのです。それに、お里沙が書き綴った文の中には、私と息子しか知り得ないこともありました。更には、息子が安らかに成仏したことで、ずっと自分を偽り苦しんできた私の心も何やら救われたのでございます」

頭を下げたまま、豊はしっかりとした口調で告げた。

「しかし、それもまた証明はできぬ」

野村の言うことは決して間違ってはいない。何をもって証明というのか分からないが、真実だと言い続けるしか術はないのだろうか。

そう思い悩んでいると、豊がすっと頭を上げた。

「野村様、私は亡霊が見えません。ですから、私にできることはお里沙を信じることのみ。もしもお里沙が此度の亡霊の件で虚偽の報告をしていたとなれば、私の命を差し出しますゆえ、それをもって証明とはなりませぬか」

「お豊様！」

思わず声を上げてしまった里沙を、豊が右手を伸ばして制止した。

「そなたが命を懸けると申すのか？」

「はい」

野村の問いに、豊は目を逸らさずに答える。

「それは、姪だからか？」

「いえ、一人の人として、大奥の女中として、私はお里沙を信じております。それに、これまで数多くの怪事件が起こっている大奥では、此度のような事態はこの先も起こり得ることでございます。だからこそ、私は大奥にお里沙が必要だと考えております。お里沙のこの特別な目は、怪事件の解決だけでなく、ともすると、大奥に身を置く女中たちの心をも、救うことになるかもしれません」

豊の言葉を受け、野村は少しの間黙って思考した。

まさか、豊が自分のために命を懸けると言い出すなど、里沙は思ってもいなかった。自分は嘘などついていない。けれど、誰かが嘘だと言い、それがもしも大事になってしまったとしたら、豊はどうなってしまうのか。考えただけで血の気が引いた。

（そんなことになるくらいなら、私が大奥を去ったほうが……）

「では、こうしよう」

野村の声に、里沙は怖々背筋を伸ばした。重苦しい空気に包まれながら、里沙は息を呑む。

「命を差し出すとまで言ったお豊の言葉を、信じないわけにはいかぬ。それに、お豊が大切な者のことを見えなくても分かると言った気持ちは、私にも少しだけ理解できる。それゆえ、此度の御火の番の亡霊騒ぎは解決したと、御右筆のそなたが」

そこまで言い、野村は扇子を片手に視線を天に向けながら考えあぐねている。

「否……」

そして、パチンと扇子を鳴らして里沙に目を向けた。

「今後、目に見えぬものによる怪事や問題が生じた場合、そなたに対処してもらう。そして解決した際には、そのすべてを記録として残すのは、そなたじゃ、お里沙」

「わ、私でございますか？」

「それができるのは、お里沙しかおらぬだろう。そうじゃな、言うなれば……」

もう一度天井を仰いだ野村は、思いついたように眉を上げ、そばにあった筆を手にした。そして、さらりと何かを書き綴ると、その紙を里沙に向けながら、言った。

「御幽筆《ごゆうひつ》じゃ」

想像もしていなかった野村からの提案に、里沙は一瞬言葉を失った。けれどすぐに気を引き締め、両手をついて頭を下げる。

「か、かしこまりました」

顔を上げると、野村の横には腕を組んで壁に寄りかかり、里沙を見てどこか嬉しそうに薄く笑みを浮かべている佐之介《さのすけ》がいる。

「そうそう、それからもうひとつ。お里沙、そなたには正式な奥女中になってもらうゆえ、お吟味の沙汰が出るまで少し待ちなさい」

「えっ、あの、私が、奥女中に？」

「なんじゃ、嫌なのか？」

「い、いえ、とんでもございません。嬉しいのですが、正直、驚いています」

城に上がってまだ十日の里沙が、まさかこんなにも早く奥女中になれる機会が訪れるとは、思ってもみなかったのだ。嬉しいが、色々なことが目まぐるしく変わりはじめていることに気づき、少し頭が混乱した。

「実はな、最初からそなたは御右筆にと、お豊が申しておったのじゃ」

「お豊様が？」

目を見開きながら襖の前にいるお豊に視線を向けると、豊は僅かに笑みを見せた。

「お里沙の書く文字は誰よりも美しいと、お豊が熱弁しておったわ。じゃが、私が一度そなたを近くで見たいと思うてな。部屋方としての働きぶりを見てから、どうするか決めようと思っていたのじゃ。それとも、やはり御中臈から御側室となり、将軍生母を目指すか？」

わざと茶化すように野村が言った刹那、部屋の掛け軸が突然カタンと音を鳴らした。驚いて野村が振り返るも、当然そこには鼠一匹いない。

けれど、里沙の目は見ていた。野村の言葉を聞いた瞬間、佐之介が慌てて壁から背中を離し、その際に佐之介の肘が掛け軸に触れてしまったところが。

「なんじゃ、また別の亡霊でもいるのかもしれぬな」

野村の言葉に豊も里沙も微笑んだけれど、実際そこにはもう一人亡霊がいるので、里沙の胸中は複雑だ。

しかし、亡霊は現の物にさわったりはできないはずだけれど、なぜ佐之介の肘が当たってしまったのだろうか。

里沙は首を捻ったけれど、考えても分かるはずがない。この世には常識で測れないことが数多く存在するのだから。

「そうじゃ、最後にひとつ。そなたが大奥で唯一の御幽筆になるということは、ここにいる豊と、それからそなたの目のことを知っている松《まつ》だけじゃ。したがって、何かあれば逐一私に報告をしなさい」

今後、里沙が幽筆として勤める上で必要であれば他の者にも打ち明けていいが、誰かれ構わず告げるのは賢明とは言えないと、野村は言った。

里沙も同じことを思っていた。今回、野村や松は理解してくれたけれど、全員が受け入れてくれるとは限らないからだ。

「承知いたしました。今後も変わらずお役に立てるよう、私にできることを精一杯努めさせていただきます」

里沙が御幽筆となったこの日の夜、野村の配慮により二階の物置に文机を運び、そこで御幽筆としての最初の勤めを果たすこととなった。

その内容はもちろん、御火の番の亡霊騒ぎについての記録をつけること。

御幽筆の最初の記録になるため、里沙は間違いのないよう一文字一文字丁寧に筆を走らせた。

【御火の番による亡霊事件。丑の刻、長局から聞こえる泣き声の主は、悲しみに暮れる幼

子の亡霊であった――】

一連の出来事すべてを丁寧に書き綴る里沙の手元を、ふいに誰かがのぞき込んできた。

「お里沙は本当に美しい字を書くな」

落ち着いた低い声が耳元で響くと、里沙は思わず「ひゃっ」っと控えめに声を上げて肩を震わせた。

「さ、佐之介さん。突然声をかけるのはおやめください。それと、ち、近すぎます……」

桜色を頬に浮かべながら、里沙は顔を背けた。

「すまない。そんなに驚くとは思わなかったのだ」

決して不快なわけではないのだが、佐之介との距離があまり近すぎると、心臓の鼓動がわけもなく速まるので少し戸惑っている。

「この言葉、本当にその通りだな」

気を取り直して隣に腰を下ろした佐之介が、里沙の書いた記録を読んで呟いた。

【どれだけ大切な存在であっても、永遠にそばにいることはできない。ある日突然、雪のように儚く消えてしまうこともあるのだ】

子が親より先に逝くなど、あってはならないこと。でも、あり得ないことではない。逆もまた然り。いつまでもそばで見守ってくれる大きな愛が、永遠にそこにあるとは限らない。どんな者にも必ず別れは来るのだ。

あたり前に話せてあたり前に過ぎていく日々は、決してあたり前などではない。だからこそ、いつか必ず来る別れの日まで、一日一日を大切にしていかなければならないのだ。

「記憶のない俺には分からないが、成明を見ていたら本当にその通りだと思えた」

「だからこそ人は愛を求め、愛を与えながら想いを繋げていくのではないでしょうか。私にも、正直分かりませんが」

親からの愛を与えられなかった自分には、親の愛の深さなど分からない。

佐之介と一瞬目を合わせたあと、里沙はふと影を落としてうつむいた。

「そうか？　お里沙はじゅうぶん分かっているではないか」

「……え？」

文机の横にある行燈の灯りが、顔を上げた里沙の瞳を鮮やかに照らし出す。

「親子の絆を結んだのは、お里沙に愛があったからだ。成明とお豊を救いたいという愛が。そうでなければ、成明があんなにも嬉しそうに笑うはずがない」

薄れゆく中で、瞳を輝かせて花のように笑う成明の顔を、里沙は確かに見ていた。

「あんなにも泣いていた成明が、最後に相好を崩した。それは間違いなく里沙が愛をもって成明を救ったからだろう」

「そう、でしょうか……」

「当然だ。愛とは、何も親子だけのものではない。そなたは祖母から愛をもらったのだろう。それから成明の母のお豊さんも、そなたを気にかけているお松も、そなたに人を想う愛があるからこそ、皆もそなたに愛をもって接するのだ」

祖母の顔が浮かび、里沙は目の際に滲んだ涙をそっと指先で拭い、顔を上げた。

「佐之介さん、ありがとうございます……あっ！」

礼を伝えた直後、里沙は引き受けていたもうひとつの問題をふと思い出した。

「申し訳ございません、佐之介さん。佐之介さんに頼まれていたことも、考えなければなりませんよね」

佐之介の頼みとは、記憶のない佐之介がどうしたら成仏できるかを一緒に考えてほしいということ。

「あぁ、それなんだが、実は思い出したことがあってな」

「記憶が戻ったんですか!?」

「いや、ほんの一部なんだが、忘れていた記憶が突然浮かんできたんだ」

まさに成明が天へと昇り消えた瞬間、佐之介の頭の中に失われていた記憶がふと走馬灯のように蘇ってきたのだと言う。

それは、優しかった母と、自分のうしろをいつもついて歩いていた弟、そして、庭のような場所で剣を振り、鍛錬する父の大きな背中だった。

「俺は、ふた親から愛されていたのだと思う。細かいことは覚えていないが、俺自身も父を尊敬し、母と弟を大切に思っていた。成明とお豊さんの親子の愛を目にし、同じ亡霊である成明が成仏できたことで、もしかすると思い出すことができたのかもしれない。つまりは、お里沙が成明を救ってくれたお陰だ」

「いえ、佐之介さんがご家族の記憶を思い出したのは、成明ちゃんとお豊さんの互いを想う気持と、佐之介さんの中にあったご家族への愛ですよ」

少しではあるものの、佐之介が家族の記憶を取り戻せたことは、里沙にとっても嬉しいことだった。

「本当によかったです。佐之介さんが成仏できるように、私も力を尽くしますので」

今回の亡霊騒ぎは、きっと里沙一人では解決できなかっただろう。里沙にはできないことを佐之介が代わりに引き受け、いつもそばで見守ってくれていたからこそ、成明を成仏させてやることができたのだ。

「俺のことはゆっくりでいいから、まずはお里沙が自分の勤めに励むほうが先だ」

「でも、いいのですか？」

「長い間亡霊として彷徨っているのだから、今さら焦ることはない。それに、お里沙のお陰で孤独などまるで感じないのだ。お里沙がいてくれるだけで、今は良い」

佐之介にそう言われると、やはりなんだか胸の奥の辺りがキュッと苦しくなるのを里沙は感じていた。

「佐之介さんがそうおっしゃって下さるなら、ゆっくりと一緒に考えていきましょう」

「あぁ。もしもまた亡霊絡みの問題が起こった時には、俺も力になる」

「ありがとうございます。佐之介さんがいてくださると、とても頼もしいです」

「礼を言うのは俺のほうだ。お里沙が俺を救ってくれたのだから」

「いえ、私はまだ何もしておりません」

両手を振って否定する里沙を見て、佐之介は薄い唇を綻ばせた。

「もうしてもらっている。里沙のその目が俺を見つけ、声を聞いてくれた瞬間に、真っ暗だった俺の世界が鮮やかに色づいたのだから」

佐之介の笑みにつられるように目尻を下げた里沙。

「私もです。私も、大奥で佐之介さんという亡霊と出会い、なんだか自分の運命が大きく変わったような気がします」

そして視線を戻した里沙は、御幽筆として自らが残した記録に、ゆっくりと目を通す。

＊

里沙が正式な奥女中となったのは、成明が成仏してから一月後のことだった。

お吟味ののちに身元調べが行われ、里沙は晴れて御右筆となった。もちろんすぐに御右筆としてなんでもやれるわけではないので、まずは豊つきの御右筆見習いとして励むことになる。

里沙の部屋は一の側にあった野村の部屋から三の側へと移り、豊と豊の部屋方三名と同室となる。

本来二階には部屋方を住まわせることが多いのだが、特別な役職をもらった里沙のため、二階を里沙の部屋として使わせてもらうことになった。

一の側に比べると三の側の部屋は狭くなるが、それでもじゅうぶん。二階も六畳が二間なので、むしろ一人では広すぎるくらいだ。

それから大きく変わったことといえば、もうひとつ……。


「あの、これは、私には少し派手ではないでしょうか」

「何言ってるのよ、御目見以上の御右筆になったんだから、これくらいは当然でしょ」

「でも、まだ見習いです。総触れに参加するわけでもないですし」

「そんなことは関係ないの！　いいから黙って言うことを聞きなさい」

里沙は野村からの贈り物を届けるためにやって来た松と、ちょっとした言い合いになっていた。

「あの、私やっぱり……」

つい一月前までは松と同じ部屋方だった里沙が御右筆となり、松よりも身分が上になってしまったことに、里沙は内心戸惑っていた。

もちろん自分が上になったからと言って松に対する態度は微塵も変わらないのだが、自分から「これまで通り」とは言いにくいのだ。

「私はやはり、これまでと同じ着物のほうが……」

無理やり袖に手を通されながら、なおも抵抗を見せる里沙の顔を、松がのぞき込んだ。

「あれ？　もしかして、なんか気を使ってる？」

「えっ？　あ、いえ」

「あのね、言っておくけど、お里沙が御右筆になろうがなんだろうが、お里沙の指導係っていう立場はこれからも変わらないからね」

「お松さん」

「御中臈になろうと御側室になろうと、ずっとよ」

「いっ、いえ、そのようなことは決してありませんから」

「身分が上とか下とか関係なく、私とお里沙はこれからも朋輩ってことよ」

そう言ってニッと歯を見せて笑う松に、里沙は胸のつかえが取れたように安堵した。

「ってことで、早く観念してこれを着なさい！」

「いえ、それとこれとは別のお話です！」

「何を朝から揉めているのですか」

二人の言い合いを聞き、一階から声をかけてきたのは豊だ。

「お里沙が自分には合わないって言って聞かないんです」

二階に上ってきた豊が、里沙を見て優しく頬を緩める。

「とてもよく似合っていますよ、お里沙」

「ほら見なさい、お豊様もそうおっしゃってるわけだし、何より野村様から頂いた着物を着なくてどうするのよ」

「それは、そうなんですが……」

このような華美な小袖はもちろん、打掛など着たことがない里沙にとっては、戸惑いしかない。

「あとは、そうね、何か髪飾りは持ってない？」

松にそう言われた里沙は思い出したように箪笥を開け、数少ない私物の中から小さな巾着袋を取り出した。

入っているのは、簪がひとつ。それを握り締め、里沙は豊に向き直った。

「お豊様、これはお豊様に差し上げます」

「なぜ、私に？」

「これは、お祖母様の形見なのです。父がすべて取り上げてしまう前に、これだけを咄嗟に隠してしまいました。だから、この簪は娘であるお豊様に」

梅《うめ》という祖母の名前と同じ、梅の花をあしらった花簪を豊に差し出した。

「これは、そなたの物です。最後まで母のそばにいたのはそなたであろう。そして、母が一番気にかけていたのもお里沙なのですから」

「ですが」

里沙の手から簪を受け取った豊は、それを里沙の髪の毛にそっと挿した。

「素敵！　控え目なところがお里沙らしいし、なによりその着物にとても合ってるじゃない」

嬉しそうに手を叩いた松と、満足そうに頷く豊。二人に背中を押された里沙は、野村からもらった着物姿のまま一階に下りた。

すると、待ち構えていた佐之介が里沙を目にした瞬間、双眸を大きく開いた。その表情は、初めて里沙と目が合った時と同じだ。

優しい里沙の雰囲気によく合う鴇色《ときいろ》の小袖に、大小様々な花を咲かせた紅赤色の鮮やかな打掛を纏った里沙は、面映ゆさを隠すようにうつむいた。

「お里沙……」

そう声をかけられ、里沙はゆっくりと顔を上げる。

「とても清らかで、麗しい。まるでお里沙そのものが、花のようだ」

躊躇いなくそう告げた佐之介を見つめていると、胸の鼓動が高鳴るのと同時に、里沙の心に特別な想いが芽吹いた。けれど里沙には、とても温かくうら悲しくもあるそれがなんなのかは、まだ分からない。

「ありがとうございます」

はにかみながら小声で応える里沙に、佐之介もまた美しい笑みを浮かべる。

「佐之介に、綺麗だって言われた？」

松がからかうように耳元で囁くと、里沙の頬がこの打掛の如く紅色に染まる。

「なっ、何をおっしゃるのですか。そんなことは……」

「照れなくていいから。さっ、野村様のところへお披露目に行きましょう。総触れまでもう時間がないから、急いで」

松に連れられて大奥の長い廊下を歩く里沙。

「お里沙さん」

すると、廊下の隅で立ち止まり、声をかけてきたのは御火の番の汐《しお》だ。

「お汐さん」

久しぶりに見る汐の顔は、疲労困憊だった以前とは違い晴れやかだ。その表情が見られただけで里沙は心嬉しく、清々しい気持ちになった。

「本当に、ありがとうございました。あの時、お里沙さんとお松さんが声をかけてくださり、お里沙さんが私共の代わりを引き受けてくださったお陰で、御火の番の規則が変わったのです」

「変わった、とは？」

「はい。これまで御火の番は一人で長局を巡回しておりましたが、此度の件を受け、深夜に限っては二人で回って良いことになったのです」

「本当ですか？」

知らなかった里沙は、驚いて声を上げた。

里沙が初めて御火の番の代わりを務めた時も、薄暗い長局を一人で巡回しなければならない女中はさぞ心細いことだろうと感じていた。そのため、規則が変わったのは里沙にとっても喜ばしいことだった。

「きっと、野村様ね。お里沙の報告を受けて動いてくれたに違いないわ。私たちに何も言わないところが野村様らしいけど」

恐らく松の言う通りだろう。御火の番は城を火の気から守る大事な仕事だ。それなのに、夜の心細い時間帯に女中一人で見回らなければならないのは酷だと思っていたため、野村に報告をする際にはそのことも正直に告げていた。

その時は肯定も否定もされなかったのだが、里沙たちに何も言わずに規則を変えてしまう野村の力は、やはり大きいのだと実感した。何より、部屋方である里沙の意見を、御年寄の野村がきちんと考慮してくれたのだと思うと、里沙はとても嬉しかった。

「二人で回れるなら、安心ですね。また何か困ったことがあれば、いつでもおっしゃってください」

「はい。本当にありがとうございました」

互いに頭を下げると、最後に汐から「とてもお美しいですよ」と伝えられた里沙は、身をすくめながら松と共に先を急ぐ。

今まで言われたことのない言葉にくすぐったさを感じつつも、ひときわ精彩を放つ里沙の姿は、否が応でも行き交う女中たちの目を引いた。

「まぁ、綺麗な色ね」

「よくお似合いだわ」

「随分と派手やかだこと」

「御側室にでもなった気でいるのかしら」

矢継ぎ早に聞こえてくるのは称賛の声だけではなく、中には嫉視《しっし》する女中の嫌味も含まれている。

だが、城に上がったばかりの部屋方が突然御右筆になったのだから、妬む者が現れるのは大奥では当然のこと。

里沙は突き刺さるような視線に耐えながらうつむき歩いていると、突然着物が何かに引っかかったように動かなくなり、その弾みで前に倒れそうになった。

気づいた佐之介が瞬時にうしろから手を伸ばすけれど、それは亡霊の手。亡霊が生者に触れることは……――。

ところが、またも里沙の体は佐之介の腕によって支えられ、倒れることなくふわりと止まった。

その瞬間、里沙と佐之介は互いに目を大きく開いて見つめ合う。

（まただ……）

佐之介の腕が触れたわけではないのに、里沙は倒れなかった。生者と死者は触れ合えないはず。これは一体どういうことなのか。

「ちょっと、大丈夫？」

不可解な現象に思案を巡らせる間もなく、松が体勢を崩した里沙の手を取った。

「すみません。慣れないせいで、少し歩きにくかったのかもしれません」

「本当にそうなのかな」

里沙とはまた別の疑問を抱いているかのように、松は目を細めながら続けた。

「あなた、お里沙の打掛の裾、踏みましたよね」

松は、里沙の横にいた女中にそう問いかけた。

「そなた、お里沙の着物を踏んだのか。それは偶然か、それとも故意にか？」

松に続いて、佐之介までも女中に向かって問いかける。

「しかも、わざと踏みましたよね」

「何？　故意にお里沙を倒そうとしたのか。なぜそのようなことをしたのだ」

佐之介は咎めるような視線で女中を追及している。里沙のために怒ってくれているのかもしれないが、相手には何も見えないし聞こえていないので、当然女中は佐之介の言葉にはまったく反応を示さない。

「なっ、何をおっしゃっているのかよく分かりません」

「私、人の顔を見ればだいたい分かるんです。それが敵意のある目かどうか。あなたの里沙を見るその目、嫉妬がありありと浮かんでおりますよ」

衣装を見る限り松よりも身分が上の女中のようだが、松はそんなことはお構いなしに躊躇なく詰め寄った。言われた女中は焦ったのか、咄嗟に自分の手を目元に当ててしまっている。

「私は別に何もしていません。変な言いがかりをつけられて迷惑なのは、私のほうだわ。それに、これ見よがしにそんな打掛を着ているほうが悪いのよ」

「これ見よがしか。そう見えるのは、あなたの心がそう思い込んでいるからじゃない？　別に何もしていないと言うなら、ここにいる皆さんに聞いてみましょうよ。この方がお里沙の打掛を故意に踏んで倒そうとしたところを見たかどうか、きちんと事実確認をした上で、この打掛をお里沙に贈った野村様に報告を――」

「も、もういいわよ！　もしかしたら、間違って触れてしまった可能性も、あるわ……」

女中の額からみるみる汗が滲み出てくる。先ほどの勢いが随分と弱まったのは、「野村様」という言葉に強く反応したからかもしれない。

この場にいないにもかかわらず威厳を発揮してしまう野村の存在は、改めて凄まじいと思うよりほかない。

「二度とこのようなことのないように」

最後に松が注意を促すと、言われた女中は顔を真っ赤にして小走りに去って行った。

「気にすることないわよ。お里沙があまりに綺麗だから、嫉妬したのね。さ、急ぎましょう。野村様もきっと驚かれるわよ」

再び意気揚々と廊下を進む松。

「いい友ができたな」

うしろを歩きながら佐之介がそう言うと、里沙は「はい」と小さく答えて目尻を下げた。

「お松がそなたを守ったのは、お松にとってお里沙が、きっと特別な友だからだろう。無論、俺にとってもお里沙は特別だ」

里沙は前を向いたまま、うしろから聞こえた佐之介の言葉を大切に閉じ込めるかのように、自分の胸に手を当てる。

こうして胸の鼓動を静かに感じていると、少しだけ、本当に少しだけ、人とは違う自分を好きになれたような気がした。

ふと見上げると、冷えた冬の青空には風花が舞っている。

宝石のように輝く美しい光の粒に目を細め、里沙は穏やかに微笑んだ。

自分が特別だなんて思えないけれど、明日も明後日もその先も、手を差し伸べることならできる。

この目に映る、誰かのために……。

『その特別は、きっと誰かを救う』

あとがき

初めまして。この度は『大奥の御幽筆　～あなたの想い届けます～』をお読みくださり、ありがとうございます。

私は、読んでくださった方の心に優しく寄り添えるような作品を届けたいという思いで小説を書いており、それはデビュー当時から変わっていません。今回も、もちろんそういう思いで書かせていただきました。

伝えたいテーマをまず決め、そこからどういう物語にしたらより伝わるかを考えていた時に出てきたのが、『江戸時代』です。私は江戸時代の小説や資料を読むのが好きで、江戸時代の地図をひたすら眺めたり、江戸の文化に触れられるような場所へも一人でふらっと行ってしまうほどの江戸好きなのです。

ただ、江戸時代の話を本当に書けるのだろうかという不安はありました。それでも好きという気持ちを信じ、そして時代が違ってもそこに生きる人々の苦悩はきっと同じに違いないという強い思いから、江戸時代の大奥を舞台にこの物語を書き上げるに至りました。

本作は、亡霊が見えることで苦しんできた主人公の里沙が大奥の女中となり、悩み苦しんでいる亡霊や生者の心を救っていく物語です。里沙は普通ではない自分が嫌いですが、普通とはなんなのだろう、なぜみんな同じでないといけないのだろうという思いは私の中にもありました。そんな『普通ではない』と思っていたことが、『自分にしかできない特別なこと』へと変わっていく過程や主人公の成長を感じてくださったなら、とても嬉しいです。

最後に、素晴らしい表紙を描いてくださった春野薫久様、デザイナー様、解説を書いてくださった鷹橋様、書籍化にあたり大変お世話になった担当の佐藤様、ことのは文庫編集部の皆様、そして読者の方々。携わってくださったすべての皆様に、心から感謝申し上げます。

大切な人を亡くした日、私が心に誓ったこと。
「あたり前だと思っていることが、明日も必ずそこにあるとは限らない。だから、あたり前の日々を精一杯生きる」
本作に出てくる親子を通して、この想いが一人でも多くの方に届くことを願っています。

二〇二三年一月　菊川あすか

『大奥の御幽筆』の世界をより楽しむための

大奥の基礎知識

――文・鷹橋 忍（歴史ライター）

『大奥の御幽筆』の舞台となった大奥。物語をより楽しめるよう、謎のベールに包まれた大奥の世界を、簡単にご紹介したいと思います。

●大奥は江戸城に三カ所あった

江戸城には「大奥」と称される区画が、本丸、西の丸、二の丸の三カ所にありました。三カ所のうち、『大奥の御幽筆』の主人公・里沙が奉公に上がったのは、本丸御殿の大奥です。

本丸御殿は幕府の儀式や政務を行なう「表」と、将軍の日常生活および、執務の場である「中奥《なかおく》」、御台所《みだいどころ》（将軍の正室）や側室、将軍の子女、および、上記の人々に仕える女中たちが住む「大奥」の三つに分かれていました。

三つの中で最も大きかったのは、本丸御殿全体の半分以上を占める大奥でした。

●大奥はどのような構成になっていたのか

広大な敷地に建つ大奥は、「御殿向《ごてんむき》」、「長局向《ながつぼねむき》」、「広敷向《ひろしきむき》」の三つの区域で構成されていました。

御殿向は、将軍の家族が生活する場であり、奥女中が働く場です。将軍が大奥に泊まる際の寝所、御台所や将軍子女、将軍生母の住居、奥女中の詰所など置かれていました。御殿向は「御鈴廊下《おすずろうか》」で、中奥と繋がっています。

広敷向は大奥で事務や、警護・監視を担う男性役人の詰所です。

長局向は、里沙たち大奥の女中が寝起きする場です。奥女中たちが勤務していたのは御殿向ですが、その住居は長局に置かれていたのです。長局向は、大奥の約三分の二のある四千二百十二坪もの広さがありました。

●大奥の女中は総勢何人？

大奥には、どのくらいの人数の女中が働いていたのでしょうか。

その数は、将軍の代によって異なり、一定していませんでした。

はっきりとした総数はわかりませんが、少ないときでも五百名はいたとされます。もっとも女中の数が少なかったのは、八代将軍・徳川吉宗《よしむね》の時代。多かったのは、『大奥の御幽筆』で描かれた十一代将軍・徳川家斉《いえなり》の時代で、その数は千五百人を超えていたともいわれます。

奥女中は将軍だけでなく、御台所（将軍正室）、世子《せいし》、御簾中《ごれんちゅう》（世子の正室）、姫君（将軍の娘）、将軍生母にも付けられました。

奥女中は幕府に雇われ、給料も幕府から貰っていました。ですが、大奥で働く女中のすべてが、幕府から直に雇われた「直の奉公人」であったわけではありませんでした。

●里沙たち部屋方が、長局以外は出入禁止だった理由は？

『大奥の御幽筆』のなかで、御年寄の野村が里沙を雇ったように、上級女中が自分のために自費で雇った女中も存在しました。それが、「部屋方」です（又者《またもの》ともいいます）。幕府からみると陪臣となります。

里沙たち部屋方が、長局以外の場所の出入りを禁止されていたのは、幕府が抱える女中ではなかったからです。

●将軍付の女中が格上だった

奥女中には、どのような役職があったのでしょうか。

奥女中には二十を超える職階がありました。将軍や御台所に目通りが許される御目見《おめみえ》以上と、目通りが叶わない御目見以下に分れていました。

御目見以上を身分の高い順から挙げると、上臈御年寄《じょうろうおとしより》、小上臈、御年寄、御客応答《おきゃくあしらい》、御《お》中年寄《ちゅうとしより》、中臈《ちゅうろう》、御小姓、御錠口《おじょうぐち》、表使《おもてづかい》、御右筆《ごゆうひつ》、御次《おつぎ》、切手書、呉服之間《ごふくのま》、御坊主、御広座敷《ひろざしき》。

御目見以下は、御三之間《おさんのま》、御仲居、御火の番、御茶之間、御使番、御半下《おはした》（御末《おすえ》）となります（将軍によって多少の変動あり）。

また、奥女中たちは将軍付と御台所付と大別され、将軍付のほうが格上でした。

ちなみに『大奥の御幽筆』において、野村は将軍付の御年寄であり、里沙も、里沙の叔母で右筆の豊も将軍付です。

●部屋方の職制

里沙たち部屋方にも職制がありました。

部屋のいっさいを取り仕切る役を、「局《つぼね》」といいます。『大奥の御幽筆』では、姉御肌でしっかり者のお松が野村の部屋の局を任されていましたね。

里沙が務めた合の間（相の間とも）は、部屋の「合の間」という場所に詰めて、主人の髪結いや衣装など身の回りの世話をする係です。また、局の補助も仕事の一つでした。

他にも、多聞（タモン）という炊事、水汲み、掃除など部屋の雑用を担う下女や、女中見習いの「小僧」などがおり、一緒に暮らしていました。

●御年寄は、必ずしも高齢ではなかった

次は、大奥女中のトップである「御年寄」について、簡単にご紹介しましょう。

御年寄には「上臈御年寄」と「御年寄」がありました。

上臈御年寄は、奥女中の最高位です。御台所の相談役として典礼儀式を差配し、御台所の話し相手も務めました。京都の公家出身者がなることが多ったです。

一方、御年寄の多くは旗本の娘で、大奥女中の最高権力者でした。大奥の実権を握り、万事を差配しました。

五百～一千五百人いたとされる大奥の女中のなかで、御年寄になれるのは僅か七、八人だったといいます。なお、御年寄といっても、必ずしも、お年を召した方だけが就くわけではなかったようです。

●野村って苗字？　それとも、名前？

「野村」という名に疑問を感じた方もいるのではないでしょうか。

まず、大奥女中の名前は、本名ではありません。彼女たちは大奥に入ると、女中名が付けられるのです。里沙も野村に、その名を付けて貰いました。

女中の名前や呼称は、身分や序列と結びついていました。

たとえば御年寄や中年寄は、野村のように漢字二文字で、下に「村」、「川」、「浦」、「島」などがつく苗字のような名を、中﨟や右筆などは「お豊」のように「お」が付けられる名を称しました。

仲居より下の女中は「桐壺」、「明石」などの源氏名が付けられましたが、源氏名だけでは数が足りないので、『源氏物語』とは関係のない名前の下級女中も存在しました。

女中たちは役替えがあると改名したとされていますが、名を改めなかった例も見受けられます（竹内誠・深井雅海・松尾美恵子編『徳川「大奥」辞典』）。

物語では描かれていませんが、里沙も野村に付けて貰った名を大事に思い、右筆に出世してからも、野村に願い出て、その名を使い続けています。

●おおらかに流れる江戸の時間

最後に、『大奥の御幽筆』でも描かれている時刻の呼び方について、ご紹介しましょう。

現代は一日は二十四時間で、常に一定の間隔で時間を刻む「定時法」を用いていますが、江戸時代は、日の出と日の入りが基準となる「不定時法」で、一日は十二刻《とき》でした。日の出を「明け六ツ（午前六時頃）」、日没を「暮六ツ（午後六時頃）」とし、日の出から日没までを六等分したのが、昼の一刻です。

夜の一刻は、日没から翌日の日の出までを六等分したものとなります。

もちろん昼夜の長さは、季節によって異なります。夏は日が長いため、昼の一刻が長く、夜の一刻は短くなります。冬は反対になるわけですから、同じ一刻でも季節によって、差が生じてしまうのです。

現代人の感覚では考えられませんが、明るい時間は働き、日が暮れれば仕事を終えるのが一般的だった江戸の人々にとっては、大きな不都合はなかったといわれます。時間に追われる現代人と比べ、江戸の人々の時間の観念は、大変におおらかだったのでしょう。

ことのは文庫

大奥《おおおく》の御幽筆《ごゆうひつ》

～あなたの想《おも》い届《とど》けます～

2023年2月26日　初版発行

著者　菊川《きくかわ》あすか

発行人　子安喜美子

編集　佐藤　理

印刷所　株式会社広済堂ネクスト

発行　株式会社マイクロマガジン社
URL：https://micromagazine.co.jp/

〒104-0041

東京都中央区新富1-3-7 ヨドコウビル

TEL.03-3206-1641 FAX.03-3551-1208（販売部）

TEL.03-3551-9563 FAX.03-3551-9565（編集部）

ISBN978-4-86716-393-1　C0193